伊人芳踪

杨唐杰◎著

北京日报出版社

图书在版编目（CIP）数据

伊人芳踪 / 杨唐杰著 . -- 北京 ：北京日报出版社，
2021.1（2023.1重印）

ISBN 978-7-5477-3792-7

Ⅰ．①伊… Ⅱ．①杨… Ⅲ．①中国文学－当代文学－
作品综合集 Ⅳ．①I217.2

中国版本图书馆CIP数据核字（2020）第161192号

伊人芳踪

出版发行： 北京日报出版社
地　　址： 北京市东城区东单三条8－16号东方广场东配楼四层
邮政编码： 100005
电　　话： 发行部：（010）65255876
　　　　　　总编室：（010）65252135
印　　刷： 三河市嵩川印刷有限公司
经　　销： 各地新华书店
版　　次： 2021年1月第1版
　　　　　　2023年1月第2次印刷
开　　本： 700毫米×1000毫米　　1/16
印　　张： 13
字　　数： 190千字
定　　价： 49.80元

杨唐杰 国庆游行纪念

荣誉证书封面

中国红十字会感谢状

天空没留下翅膀的痕迹，但我已飞过……

——泰戈尔《飞鸟集》

从此，永不分离（代序）

杨铮传

母亲的病久治不愈，昏迷很久了。忽然有一天她居然开口了："哎，铮传——"我连忙凑上去，安慰她说："我在这里。""你跟杨唐杰——打了电话没有……他在北京，要他回来……要他快些回来，回来……"虽然声音小、断断续续，但意思很清楚，我只能说打了电话。"真的打了电话？"她仍不放心。我说："是的，真的，唐杰在路上，很快就要到了。"老人家可能是预感到大限之日在临近，最是牵挂她的孙儿。

祖母的深情呼唤，父亲的无限期望，只能是"竹篮打水一场空"。

他没回来，他不可能回来，他早已独自远行、杳无音信了。

人类的强大坚韧，在残酷的疾病面前是那样的不堪一击！

在陪伴儿子生命最后78天的日子里，我一直没有看见他流露出哀伤、恐惧的神情，只是有一天他从病床上起来去厕所，边走边加重语气自言自语："不要了，都不要了！"但返回的时候早已恢复平静："爸，我失态了，对不起。"

我无话可说，下意识地望了下窗外，说了句"今天的天气还是蛮好"岔开话题。窗外确实阳光明媚，他平和地回了一句："是的。"

"不要了"指的是什么，我始终没问他，不忍心问，这还要问吗，生命都快没有了，还有什么舍不得的呢。

知子莫若父。我心里明白"都不要了"还是有特别的含义，应该指他发表过的诗文——那些体现他理想追求、生命价值的诗文，还有那一长排日记

— 1 —

 伊人芳踪

本，那字数以百万计的日记……

当时，我在心里说："儿子，爸要将你的作品结集出版……"虽然没有说出口，但要做，一定要做，哪怕难度再大也要做出来，让他的生命以另外一种方式活着！

一晃，他已经走了10年，他的作品也终于结集出版。

全书共分三辑。

第一辑《文心叩门》一共收录散文、杂文、小说、诗歌等20篇，均为初中到大学毕业时的作品，都发表过。他最早的作品《观"海"》，曾荣获1993年全国中学生《热点自由谈》一等奖，并收入《少男少女看世界》一书。其时，他刚满14岁，以纯真无畏的少年情怀，"观社会之'海'，市场经济之'海'"，表达自己的人生观点，体现了自己的生命追求，"在大潮面前，在热浪面前，也不妨安于一张床、一张桌，苦雨寒窗、灯书伴影，聚精会神、日复一日地迷恋于自己钟爱的事业"。他的作品，都是有感而发的，正如他自己所写的："有些时候，心中积淀了许多感情，像是火山将要喷发，我是遏制不住的，只有让它通过笔尖流到纸上，好好抒发一回"。刚跨进大学那一学期，他即以"晓宇"为笔名，在1997年12月2日的《中央民族大学周报》上发表了诗歌《自豪》。他后来还陆续发表了一些作品，我虽然尽了力，但还是有《贺50周年校庆》（《中央民族大学周报》2001年5月18日）等作品没有收集到，万分遗憾。

2001年大学毕业后，他在《北京市政》《北京青年报》《北京晚报》《首都建设报》《建设市场报》《华夏时报》《劳动午报》《中国环境报》《法制晚报》等报纸上面留下了行行足迹，展现出他行走四方、不畏劳苦、英姿勃发的身影……能收集到编入第二辑《记者足迹》的仅26篇，其中7000多字的深度报道《危难时，市政人两进小汤山》，热情颂扬了北京市政人在"非典"肆虐之时，为小汤山医院的雨水建设工程，"受命于危难之时""鏖战于病区之中""腾挪于千人之隙"，用勇气、汗水和心血谱写了一曲感天动地的小汤山壮歌。他与建设者们共进退，第一时间在《首都建设报》2003年6月21日第五版发表此文，产生了较大的影响。

日记是他成长的记录。1987年3月8日（星期天）他开始写日记。那天晚饭后，我问他："儿子，你今天做了什么值得高兴的事？"他想了想，说："上街买了书。""把这件事写一段话好不好？"他说不会写，我说就把过程写出来，是什么就写什么，写不出的字可以问，还可以用拼音代替。他答应了，当晚就真的写出了第一篇日记，还加了一个题目：买书。我给他翘大拇指，他高兴地笑了，父子二人都非常开心。从此，他天天写日记，从小学二年级第二学期一直到高中毕业从未间断，大学期间以及参加工作后也坚持挤时间写。《花季日记》仅摘选他小学、初中、高中和大学期间的日记约10万字，保持原样、原汁原味，分为"稚嫩童心""梦幻少年""多彩青春""激情岁月"四个部分。

这些日记，是他不断成长、向理想迈进的青春之歌。在日记里，他不断自我激励，譬如："俗话说得好：'日记日记，天天都记。一日不记，不成日记。'这句俗语中说的记日记一事，实际上就是说的坚持。说坚持，也就是说要有毅力。　1991年10月21日星期一　阴""人总是要死的，有的轻于鸿毛，有的呢，却重于泰山。……我活着，只有一个目的，就是做一个对人民对祖国有用的人。　1991年6月20日星期四　晴""第七节课，阶梯教室。在学校领导、学生代表的目光的注视下，我和另外四十四名同学走上了大会主席台，高高举起右手，宣读了入团誓言。此时此刻，我的心情是多么激动啊！入队、入团、入党是我一生中的三件大事。　1992年5月27日星期三　晴"。天天练笔迅速提高了他的写作能力，初中三年级第一学期写出的《观"海"》一文发表；高中二年级第一学期（1995年10月1日）的日记《祖国，我这样热爱您》，后来发表在1998年10月20日的《中央民族大学周报》上面；大学期间发表的各类诗文，以及后来从事记者工作和其他工作，都与他长期写日记分不开。写日记成了他的习惯。

这些日记，也是一幅弥足珍贵、可供"观摩"、可供思考、可供研究的个体心理发展"活的版图"。"梦见我在一个大森林中走路。忽然，一只老虎在我身后紧追不放。后来，一个人说：'后面有一只老虎。'我往后一看，是真的。于是我就用双脚踢死了老虎。　1988年3月14日星期天（正月二十七）　晴""我从梦中惊醒过来，睁开眼晴一看，原来自己并不是在太空船里，而是躺在床上。我长长地舒了一口气，心里却在扑扑地跳个不停。只见月光透过窗口，照在床上，那里放着一本我昨天新借的科学幻想故事——《太空历险记》。　1991年5月28日星期二　阴""进了初中之后，我看了更多的文学作品，心中更加羡慕那些作家，想当作家的愿望更加强烈，我正式把当作家列为我的三大理想之一（企业家、作家、数学家）。　1993年4月28日""老师让我念一篇文章，题目叫《爷爷，又是年三十了》。我先看了一遍，看着看着勾起了我对于曾祖母的无限回忆，情绪非常激动，难以平静。我只得对老师说声'对不起'。　1995年3月4日""因为我已承载了太多人的期望与希冀，我无法辜负他们，更不能对不住自己的前途和整个人生。纵然有再多的苦，也只能独自往心里咽。越来越有想哭的感觉，但我知道我不能。　1997年3月25日""我永远不会为了物质的充裕，而放弃精神的追求，却可能为了独守精神家园，而真的在物质上一无所有。于是，关于生命的目的，我这样回答自己，为了他人，也为了自己——在永远的为人民服务中实现自己的价值，这就是我对于生命意义的诠释。　1998年12月15日"，等等。他的日记是远离尘嚣，展现人性最本真、最单纯、最丰富、最深刻的生存形态、情感体验，也许具有教育心理学实践观照的现实意义。

接到他大学的录取通知书，全家非常欢喜，他奶奶一定要去送他上大学，说自己还没有去过北京。送他上学后，我们返回的前一天晚上，在招待所，他对我们说："嗲（奶奶）、爸——明天军训，要起得早，我就不好送你们了……"看得出他内心无比不舍。军训结束的当天，他就打电话回家。过几天又收到他的长信，说"远离家门的我无时无刻不在思念你们""请大家都多多保重，不要让我千里之外想念你们"。也许是长期写日记"写"的习惯，也许是觉得纸笔文字更能凝聚他的情感，除打电话以外，他坚持给家里写信。告诉家人"考古学导论、马克思主义原理、法律概论三门是全班最高分，总体情况在全班居于前列""今天我又收到了稿费……""入选国庆五十周年大学生方队游行，当挥舞着粉红色的纱巾，昂首走过天安门城楼前，真的很激动""我们班改选了班委和团支部。当时我并没有太在意，投完票就匆匆地走了。但结果有一点出乎意料，我被选上了（团支部书记）""光荣地加入了中国共产党""我要以疯狂的精神投入学习中去""要把对祖国的热爱内化到学习之中，我不会让大家失望的"，等等。

　　每次接到他的信全家都格外兴奋，特别是他的爷爷奶奶，等我们看完了，戴着老花眼镜反复看，总是说"这孙儿每次都交代俺要保重，要保重的哦"，内心的喜悦溢于言表，然后将信折叠好，原样装在信封里，放在固定的地方。保存下来的一共有26封，其中大学四年20封，封封家书，纸短情长，只能永远珍藏在我的心中。

　　生命见证了多少真实，你付出了怎样的努力，就会得到相应的评价。中央民族大学历史系时任系主任在他的毕业纪念册上深情寄语："才华横溢，不自满，谦虚的好；笨鸟先飞，不自卑，勤奋的好。"同学们的赠言充满深厚友情："与你——名副其实的'江南才子'——相遇、相知……""你的才华，一直令我钦佩，你的诗情，我将会永远记得，我班曾经有过你这位才华横溢的江南才子……""素有'江南才子'之称的你，愿你在以后的路上一帆风顺！"，等等。

　　毕业时经过综合评分，直接留京的指标落在了他的头上，顺利入职大型国企从事宣传报道，因成绩显著，先后进入《北京市政》《法制晚报》等报社担任编辑、记者，后转职房地产行业，一路进取获"最佳潜力奖"等多项荣誉。恰在他任策划总监之时，病魔无情袭来。弥留之际，他还嘱其所得佣金全部捐赠中国红十字会，以遂拳拳爱国报国之心……

　　他从报社辞职之时，我曾婉转地劝阻他，说他现在的位置人家想都想不到，他说"是的，人各有志"；当我提及他的"作家梦"时，他说不会放弃，现在需要积累阅历；我说从头来太辛苦时，他说"我能学""生命不在长短，而在于精彩"，于是我无话可说了。

　　"朝闻道，夕死可矣。"他在"疯狂的学习中"，应该读懂了这句话的深刻含义，面对死亡也就坦然了很多，少了很多痛苦。他不懈的努力曾经划燃了一根火柴，或者点亮了一根蜡烛，将眼前的一丛黑暗照亮，让自己乃至

他人看清了前进的路，找到了自己最需要、最宝贵的东西；他年轻的生命像极小的流星在太空中飞速划过，几乎难以发现，但毕竟留下了一丝看不见的光痕……

虽英年早逝，但因智慧而精彩，因拼搏而留痕，因善良而生辉，青春常在，魅力永存，生灵永存！

如今，他仙居在青山环绕、澧水相衬的一个山头，与国家4A级彭山风景区比邻，与纪念澧州刺史李元则的彭山寺（思王祠）近在咫尺，可举目相望，一座高大的六方休憩亭立在旁边的向阳坡上，正好让他和贤达仙人推杯换盏、谈经论道……

书稿整理完毕，是夜，梦中，春暖花开，阳光灿烂，我推开窗户，将一叠新书《伊人芳踪》摆放在书桌上——他用过的书桌上，突然听到无比亲切的声音"爸——"，"哦，儿子，你回来了！"身后，还有他爷爷奶奶甜甜的笑……

这时刻，我们终于团聚了，从此，永不分离！

目　录

第二辑　记者足迹

第三辑　花季日记

作者从小天天坚持写日记，滋养文心，14岁发表的处女作《观"海"》，立意高远、思路开阔、文笔从容，高一暑假期间编著手抄本《柳絮儿飘呀飘》，此辑收录他大学期间创作、发表过的散文、杂文、小说、诗歌，没有无病呻吟之嫌，都是"心中积淀了许多感情，像是火山将要喷发，我是遏制不住的，只有让它通过笔尖流到纸上"……

——题记

第一辑

文心叩门

三

一天课间[illegible]，大家[illegible]，叶思下楼[illegible]，又匆匆上楼[illegible]。[illegible]，叶思的心[illegible]一紧，又[illegible]起来：“[illegible]的信。”[illegible]，寒假期间，他写了一篇几千字的小说《少年的心》寄了出去，想必是编辑部寄来了用稿信吧？[illegible]一些同学[illegible]都[illegible]那篇小说。[illegible]

[illegible]信封[illegible]了过来，[illegible]一眼右下角，只见上面赫然[illegible]“[illegible]文学”[illegible]，[illegible]信封，他的手[illegible]住了。这不是[illegible]吗？他的心[illegible]到了[illegible]。

“[illegible]，”[illegible]同学围了过来[illegible]，[illegible]一种不可名状的[illegible]

[illegible]——

[illegible]叶思[illegible]看[illegible]——

是谁[illegible]了？叶思[illegible]，是潘[illegible]！她怎么还没回家？

“喂，还在[illegible]的信[illegible]？”她在他前面的座位上坐下来。

叶思定定神，这才发觉教室里只剩下他们两个人。“你也知道了？”他回敬她一个无奈的苦笑。

“[illegible]？”[illegible]

“[illegible]”

[illegible]

[illegible]

[illegible]

中[illegible]，[illegible]一[illegible]。这一[illegible]，我都看了吗？”他顿了顿，又说，“[illegible]

不[illegible]付出了[illegible]好的[illegible]……

观"海"

编者按：此文1993年荣获全国中学生"热点自由谈"一等奖，并收入《少男少女看世界》一书。

作为一名中学生，自然不能下"海"，于是便观"海"。

观"海"是一种享受。社会之"海"，市场经济之"海"，确有一种宏伟的气势，震人魂魄的力量，富有男子汉阳刚之美。心里好欣赏好佩服那些立志下"海"，轰轰烈烈干一番事业的勇敢者。凡夫俗子成了"海"中蛟龙，一介书生成了集团总裁，囊中羞涩者腰缠万贯。这是一种进步，一种收获。看他们"乘长风破万里浪"，看他们"下五洋捉鳖"，即使受到重创也依然热爱"大海"，一往情深一往无前，心中油然而生出如诗如画如歌如舞如醉如痴之情愫。人生能有几多激情？人生可有几回潇洒？能在一个可以寻梦可以淘金的大"海"里辉煌一番，其乐无穷矣。

然而，对于咄咄逼人的下"海"热潮，心中也隐隐不安。过惯了热乎乎的日子，总觉得有人世之灼热，便无超脱之平静；无超脱之平静，便有浮躁之张狂；有浮躁之张狂，便无清静之选择。前一阵子"从政热"，一些人戏不唱了，球不打了，书不写了，如热锅上的蚂蚁一样在官场上疲于奔命，荒废了多少本该有所作为有所建树的人才；后来又出现了"经商热"，一些人不问自己懂不懂得经商，一窝蜂跻身于生意场上厮杀，杀出一条血路者有之，杀得自家面目全非，性命难保者亦有之。如今纷纷闹"下海"，不乏凑热闹的赶潮者。倘若热昏了头脑，怎能不出事儿？

文人下"海"（本文指广义的文人），繁荣经济，实现自我，一般来说没什么不好的。文人的昨天未必是文人，文人的明天也并非一定要做文人。

然而人生坐标各不同，每个人只能认准一点，是很难脚踩两只船的。其实只要能求得自我突破，突破世俗的怪圈而摘取生命的正果，下"海"固然是径，不下也不失为径。造原子弹的不如卖茶叶蛋的堪称一哀，造原子弹的都出来卖茶叶蛋，更是哀上一哀。人各有志，不能强求划一，大千世界，排列组合却不能缺一。文人主要是以自己的知识和智慧创造精神财富，造福于人类。其事业与作为不单在"海"，还在"江"在"河"在"天"在"地"。已经下"海"或正跃跃欲试的文人们，要不要自问三思一下呢？

　　我现在还不能下"海"，将来或许也不会去冒那个险，当然下"海"者的勇敢还是要学的。在大潮面前，在热浪面前，也不妨安于一张床、一张桌，苦雨寒窗、灯书伴影，聚精会神、日复一日地迷恋于自己钟爱的事业。我知道，要实现自我，没有大无畏的气概和坚定执着的精神是不行的。

母爱：生而为一棵树

——写在母亲42岁生日前夕

　　是一次很偶然的机会，一幅很简单的画面拨动了我的心弦。

　　那是一种很老旧的仿日式小楼。略显笨拙的门廊下，站着一个十一二岁的小女孩儿，手里摆弄着一只红艳艳的蝴蝶结。在她的身后，她的母亲贴近她站着，正在细细地为她梳头。晨光从街对面的楼顶上斜铺过来，将门廊分成界限清晰的两部分，一明一暗。小女孩就站在阳光中，全身流淌着透明的新鲜与灵气，像摇曳在晨风中的一朵新蕾。母亲则在暗影里，辨不清面容，只有恒久的安详与幸福隐约在眉宇间。也许是谁说了个笑话，母女二人忽然开心地笑起来，满门廊都鼓荡着、拥塞着灿若朝霞的笑声。

　　似乎有一双手轻抚过我的心灵，温暖立刻弥漫了全身，那种感觉似曾相识又难以描述。记忆的叶片纷纷飘落，叠印出数不清的浅色画面，有相似情节相似的故事，那背景却清晰多变，雨地里，阳光下，有风而多雨雪的冬夜。家的面貌从遥远的地方一下子飞到了眼前。

那是一片亲情的海洋啊！

母爱就从云蒸霞蔚中突现出来，如久雨后的彩虹，满世界一片澄明。我试着用诗的触角感知她，于是，我看到一棵缀满花朵的树，一派安详地沐浴在阳光中。

譬如一株柳。

那是在城市和乡村都极易见到的一种树。春天里披一身鹅黄，仲夏里撑一地浓荫，安安静静地生长在每个人的视野中。细密的叶片、柔软的枝条将她的整个身子都遮没了。雨天里或者阳光下，她更像一位淡妆肃立的女子。她的普遍导致了她的普通，而她天性的安静又使她默默无闻。漫漫旅途中，在路旁或水边，能有几人会因为一株柳的突然出现而驻足慨叹？只有当脚步接近荒原接近情感的边缘地带时，对于绿的渴望才使旅人驻足回觅。在远方，那株柳依然绿叶葱茏地独立在风中。这道遥远的风景很容易使人伤感，旅人便很自然地想起了童年和少年的大段时光。

那么母爱便生而为一株柳。

面对一棵树，我们在感叹她的精神之外，是否想过树的自身，想过她的欢乐与忧伤、孤独与寂寞？雨天里，她挺着已湿透了的身子站在泥泞中，是否也曾因为自己的孑然一身而黯然神伤？没有星光或月光的寒夜，她是否也曾感到恐惧与孤单？自小嬉戏在膝下的孩子们一个个离开了，她是否也曾有过令人心痛的依恋与无奈？匆忙于季节生生不息的脚步中，她是否想过要歇一歇脚喘一口气……

面对一棵树，在接受了她浓荫的慰藉之后，在欣享了她生命的果实之后，我们是否想过要为她做点什么，比如为她遮一遮风挡一挡雨，比如坐下来倾听她心底的诉说，比如尽我们的力量给她更多的理解、更多的微笑……

那么，面对母爱呢？

面对母爱，正如面对一棵树，我们心清如水，倾听叶落的声音……

（《中央民族大学周报》，1998年10月20日）

读点鲁迅

仅仅凭一点天赋才能写作的人当然也能写出一些好的作品，有时甚至会写得非常漂亮得体，但他们永远不能像鲁迅先生那样写得如此扎实，如此让人刻骨铭心。

在先生的作品里，找无聊找闲适找风花雪月的矫情，找顾影自怜的贵族情绪，是注定要失望的；找那个时代大款大腕、新富新贵的传记，也是要失望的。先生痛感于封建制度几千年吃人与被吃的历史，最先发出了"救救孩子"的惨烈呼吁；他看见了四周浓黑的悲凉和可怕的沉默而率先大声呐喊，使真的猛士不惮于前驱；他洞悉了国民的愚弱，将疮疤无情地揭破指给人看，以期引起疗救的注意；另一面，他将自古以来在黑暗中血战前行、前仆后继的英雄们称之为"民族的脊梁"，对他们进行了最热烈的肯定和讴歌。他把对人生的终极关怀化为对民族迫切事务的热切关注和身体力行，为使中国社会倾向于更符合人性的一面，全然豁出了自己的身家性命。

先生无意于为了做长留世间的文学家而站在远处冷眼旁观，作哲人状思索，唯恐现实的污浊会玷辱损害了智慧的典雅和精致——他是把文学当武器来使用的！如果不是为了现实人生的改良，先生很可能根本不会弄什么劳什子文学，倒极可能做一个有造诣的外科医生，在旧中国十里洋场的上海滩安居乐业，养尊处优。然而鲁迅终究是鲁迅，面对比他强大得多的敌人的围攻，他没有丝毫的胆怯，硬是用一支锋利无比的笔杀出了文学的尊严、文学的威风。事实证明，先生是最善于将文学武器运用到出神入化的人。在中国现代文学灿若繁星的作家之林里，再没有第二个人能像他那样对旧中国进行过如此系统和全面的清算与剖析，也没有人比他思考得更深，文笔更老辣更简洁有力更炉火纯青，字字带血声声是泪。这使人有理由相信：真正的力量不在官商的肥胖，而在先生的瘦。

后期的鲁迅强调韧的战斗，常以此告诫先进的青年，主张迂回战、壕堑战，反对作无谓的牺牲，但他主张的目的仍在实践，绝不是韧即大彻大悟看破红尘，从此六根清净，凭空闹出一个归隐的故事。先生是自己笔下热情讴歌的真的猛士，敢于直面惨淡的人生，敢于正视淋漓的鲜血。先生义无反顾地走近并进入现实人间，与现实的黑暗作交织状咬啮在一起，尤其是先生的杂文，已开始与黑暗势力进行肉搏了。

文学是愚人的事业，但文学尤其是英雄的事业，正如毛泽东所言："鲁迅的骨头是最硬的，他没有丝毫的奴颜和媚骨。"鲁迅之为鲁迅，最可宝贵之处就在他热切关注现实、参与现实，永不为黑暗势力压倒和收买的傲骨风骨，这是指他的为人，也是指他的文学。也因如此，先生的作品所呈现出的，是一种深冬之际万事万物褪尽了浮华的苍凉遒劲之美，一种血战之后的剧烈高贵之美。有健硕发达的苦根，它被苦难成就，反过来又烛照苦难、超度苦难，全然脱尽了一般所谓文学的故作姿态与苍白，是历史上任何被称为才子并自引以为荣的轻薄之徒永远不能企及的。先生是穿透黑暗的光芒，是旧中国接近黎明时分沉重而光彩夺目的捧出，是悲怆而永不磨灭的风流，是一个饱经忧患、受尽欺压和凌辱的民族蓄久而发的第一声虎吼龙吟，是真正文学永远的先锋。先生的存在足以粉碎一切二流三流文学自我辩解的漂亮遁词，先生之屡屡遭人攻击和诋毁，乃因他炫目的亮光，总是从世纪的至高处照见了每一个时代的群小。

在所谓的消费文化粉墨登场的时候，在太少精品而太多次品，大量平庸之作、甜腻之作、媚欲之作以及粗制滥造的怪异下流之作充斥书市，文学越来越令正直的人感到失望的时候，读点鲁迅是必要而且明确的。读鲁迅，能帮助当代中国文学找到走出迷津的清晰的坐标；读鲁迅，将提醒我们保持警惕，有效地防止文学向市侩方向滑落。

（中央民族大学系刊《史林学步》创刊号，1998年12月）

身份乱弹

在我看来，我们中国人中相当多的一部分，是很讲究身份的。因为在许多人的观念中，有身份便是有面子，不唯自己很是光荣，上至祖宗下至儿孙都会因之光荣一番。阿Q说："我的祖先，阔着呢……"大概指的便是这种意思。

但这种身份必须显露出来。人生来都是光着屁股，谁能区别他是皇族还是黔首？所以就必须有表示身份的标志。自古以来，人们就千方百计地以各种方式来显示自己的身份。更早的情形不甚了了，但至少有一次关于身份的"历史性决定"，那是在西周初年。

西周建国后，为了统一人们的行为规范和道德准则，周公主持确立了礼制。据《周礼》记载，礼制主要分为五种：吉礼、凶礼、军礼、宾礼和嘉礼。其中的宾礼，是诸侯对周天子的朝见和当时举行的各种会盟的礼节。而嘉礼是指吉、凶、军、宾四礼之外的普通老百姓的各种礼仪。应该说，周初制定的这五礼，实际上是用国家规定的形式区分了社会上各种人之间的不同等级和身份，以及表明这种身份和等级的不同标志。粗略一想，从那时开始便有了关于身份的诸多规定，表现在爵位的不同，官阶的不同，穿的衣裳、戴的帽子，衣帽的质料、颜色、花纹、饰物也各不相同。这种种不同，正标志着人们的身份的差别。

中国几千年来都处于等级森严的社会。不进入等级，如同粪土；一旦进入等级，马上便是另一重天，便光彩、神气，便趾高气扬、耀武扬威。于是，人们千方钻营百计谋求，务必弄一个等级以便使自己有个身份，其心理才会觉得有些平衡。汉代举孝廉，唐宋设考场，明清玩八股，都还算是竞争身份的正当渠道。倘若这种渠道求之不得，就要采取种种非正式渠道的不正当手段了，用现代词语来说，就是走后门了。于是，便出现了卖官鬻爵、溜舐逢迎、攀龙附凤、弄虚作假，只要能够达到提高身份的目的，就可以不择手段。你讥他鬼蜮行径也好，骂他厚颜无耻也罢，他都可以泰然自若，满不在乎，只要有那么个身份，便是他最好的享受。有身份而没有脸，也算是一种世态。

身份无疑是权力的象征，富有的象征。权力让人畏惧，富有让人羡慕。社会给予一些人一定的身份，想必是为了让他更好地工作。但如果认为有权力便可以作威作福，有金钱就可以骄奢淫乱，那恐怕是一种感觉的错位。作家的身份是很不错的，但如果他自己花钱印了几本文理不通的书，还要极力地自我吹嘘，那就另当别论了。大学毕业生被人看作是有学问的人，可是一问起他的专业，他却说不出个所以然来，原来那张文凭是花钱买来的。这样的身份，除了让人嗤之以鼻外，还有什么价值呢？

我绝不是鼓吹人们不在乎身份，因为社会本来就存在着各种身份，也需要这些身份。我是想说，我们在追求身份的同时，是否更应该考虑一下自己的人格呢？

（中央民族大学系刊《史林学步·轩斋杂感》第二期，1999年5月）

母亲是一种岁月

——纪念5月9日母亲节

年少的时候，对母亲只是一种依赖。年轻的时候，对母亲也许只是一种盲目的爱。或许，只有当生命的太阳走向正午，人生有了春也有了夏，对母亲才会有更深刻的理解、更深切的热爱。

我们也许突然感悟，母亲其实是一种岁月，从绿地流向一片森林的岁月，

从小溪流向一池深湖的岁月，从明月流向一片冰山的岁月。

随着生命的脚步，当有一天我们也以一角鱼尾纹、一缕白发去感受母亲额头的皱纹、母亲满头白发的时候，我们是否还能分辨老了的，究竟是我们的母亲，还是我们的岁月？我们希望留下的，究竟是那刻骨铭心的母爱，还是那点点滴滴、风尘仆仆、有血有肉的岁月？

岁月的流逝是无言的，当我们对岁月有所感觉时，一定是在非常沉重的回忆中。而对母亲的牺牲真正有所体会时，我们也一定进入了付出和牺牲的季节。

有时我在想，作为母亲，仅仅只是养育了我们吗？倘若没有母亲的付出，母亲的牺牲，母亲博大无私的爱，这个世界还会有温馨、有阳光、有我们沉甸甸的泪水吗？

我们终于长大了，从一个男孩变成一个父亲；从一个女孩变成一个母亲。当我们以为肩头挑起责任也挑起命运的时候，当我们似乎可以傲视人生的时候，也许有一天，我们会突然发现，我们白发苍苍的母亲正以一种充满无限怜爱、无限关怀、无限期待的目光在背后注视着我们。我们会在刹那间感到，在母亲的眼里，我们其实永远没有摆脱婴儿的感觉，我们其实永远都是母亲怀里那个不懂事的孩子。

我们往往是在回首的片刻，在远行之前，在离别之中，才发现我们从未离开过母亲的视线，从未离开过母亲的牵挂。"谁言寸草心，报得三春晖。"我总在想，我们又能回报母亲什么呢？

母亲是一种岁月。无论是我个人的也许平凡也许单纯的人生体验，还是整个社会前进给我的教诲和印证，在绝无平坦而言的人生旅途中，担负最多痛苦，承受最多压力，咽下最多泪水，仍以爱，以温情，以慈悲，以善良，以微笑，对着人生，对着我们的，只有母亲！永远的母亲！

（中央民族大学系刊《史林学步·季风拂面》第二期，1999年5月）

善读往事

漫漫人生之路，该读的东西实在是太多太多，读未来，读社会，读书本……但我觉得更应该善读往事。寒来暑往，岁月蹉跎，多少往事流过；斗转星移，光阴荏苒，几多往事悠悠。有人说往事是一首长长的诗，是时间的结晶，是生命的轨迹……有人把往事比作昨日的星辰，消失在遥远的银河，是抓不住留不得的时空。往事消耗了生命的细胞，往事书写了人生的历史。

回首往事，我们有时心中好快活，一起散步，一起歌唱，一起潇洒……回首往事，我们有时心中好伤感，曾经的失落，曾经的挫折，曾经的烦恼……

于是乎，对于往事，有人喜欢回首，有人不愿再想，甚至有人痛恨往事。因为他们是带着不同的心态去看待这段曾经走过的历史。其实，我觉得，往事并没有成功与失败之分、也无所谓痛苦与欢乐之别。对于失败者，往事是一本教科书；对于成功者，往事是一块奠基石；对于奋斗者，往事是一台焊接机；对于勤勉者，往事是一张存款单。对于往事，不必或喜或悲，而应该善读往事。读出其中的韵味，读透其中的意境，读懂其中的蕴含。善读之，会写好人生的结尾篇；读透之，会留下生命的辉煌。

（《中央民族大学周报》，1998年1月8日，署名逸尘）

伊人芳踪

处处美丽

我没有漂亮的画笔，但撷取美的时刻，是我的心愿。

我没有优美的文采，但记录每一次的感动，是我的习惯。

仔细想一想，生活本身即是书，即是画。也许前一刻，我们是阅书观画的读者，而下一刻，却又变成书中主角、画中人物了。更有可能，我们同时既是读者又是主角。

每个日子，都是内容不同的一本书，风格迥异的一幅画。只是我们的脚步太匆忙了，常常忘记去读它、欣赏它。随意地浏览一下过去，便断言生活只是今天对昨日的抄袭，只是套用衣食住行的公式。读书，不仅仅是认识符号，更要懂得符号所传递的内涵；而观画，也不只是缤纷五彩的调配，细细想来，画中原来还有画。

我是个平凡者，只希望自己别那么匆促，希望能够静下来，老老实实地，把生活一幅一幅慢慢地看，用我的心细细品尝；并把愉悦的刹那，感动的心情，一字一句，不倦地倾注到笔底。

于是，处处美丽。

（《中央民族大学周报》，1998年9月29日）

生　命

夜晚，我在灯下写字，一只飞蛾不断地在我头上飞来旋去，骚扰着我。趁它停在台前小憩时，我一伸手捉住了它。我原想弄死它，但它鼓动着双翅，极力挣扎，我感到一股生命的力量在手中跃动，那样强烈，那样鲜明！

我常常想，生命是什么呢？墙角的砖缝中，冒出了一株小瓜苗，在没有阳光、没有泥土的水泥地上，不屈地向上生长，昂然挺立。那一股惊天撼地的生命力，令我有种肃然起敬的感动！

我曾经用听诊器，聆听自己的心跳，那一声声沉稳而规律的跳动，给我极深的撼动，这就是我的生命，属于我，我必须对自己负责。

虽然肉体的生命短暂，但是，让有限的生命发挥出无限的价值，使我们活得更为光彩有力，却在于我们自己的掌握。

从那一刻起，我应许自己，绝不辜负生命，绝不让它自我手中白白流失。不论未来的命运如何，遇福遇祸，或喜或忧，我愿意为它奋斗，勇敢地活下去。

（《中央民族大学周报》，1998年10月27日）

唱一首歌给自己

我不是个自作多情的人，可是我常常为自己唱歌，在快乐时也在悲伤时。

生活就是这样，在不经意间，让我们失去很多，即使我们年轻。失去纯真，失去快乐，失去成功，甚至失去进取的机会。有时当我们静夜独思时，生命的无奈会如风而来，吹落我们因悲伤因恐惧而淌下的泪。

一位朋友在电话中对我说，我们最大的痛苦就是失去生活。我笑笑，说，不是。我说我们最大的痛苦是失去自己。

我们每个人都曾经失去过自己。师长的不信任，朋友之间的误会，考试不理想，付出没结果，甚至还有失恋的打击，都曾经让我们沉默、颓废，呼酒买醉不思进取。生活在这时是黯淡伤感的。

然而这种黯淡与伤感，却是我们自己设置的一种心情，一种让人迷失的心情。

太阳也有失血的时候，我去拿高考成绩单的那一天见过。它在一瞬间变成一个苍白的圆盘，漂浮在不断翻涌着的云海里，凄苦而脆弱。可是它很快又红起来，红得灿烂而辉煌，充满生机与活力。

我们为什么不抬起头，为自己唱一首歌？唱出一种对生活的热情，唱出一种开心的笑容。

一位作家说，我们的生命大致如此——渴望什么，但得不到什么，得到什么，又不把它当作什么。我觉得这是一种很残酷的悲哀。珍惜拥有的年轻，拥有的健康，拥有的教训，拥有的伤痛，我们应时刻记得为自己唱一首歌。

我很欣赏那种平凡而不平淡的生活。平凡并不是"燕雀志小"；不平淡会有快乐与悲伤、成功与失败的歌声相伴。

记忆中始终挥不去海伦·凯勒在自传中的一句话。她说，我一直哭，我一直哭，哭我没有鞋子穿，直到遇见一个人，他竟然连脚都没有。每念及此，我不禁潸然。

或许，每一个人都有过深深的酸楚和痛苦，每一个人都有过理想和希望。无论是快乐或悲伤，无论是成功或挫折，面对它，唱一首歌，尽可能地唱得荡气回肠泪流满面。

歌声相伴的时候，是有信心和勇气的时候。

（《中央民族大学周报》，1998年11月10日）

秋 水

友人的信涉秋水而来，降临在我的掌心，宛若一朵清碧的荷花。

这是秋天的最后一点颜色。友人欲籍她的温情将它涂在我深思的天空。

"你感到浓浓的秋意了吗？那萧瑟、清冷的原野是否带给你无限的怅惘？"

友人的文字那么旖旎可读，友人的情调那么优柔可怜。友人的声音就是一种秋意，它催促我走出屋去，远离密集的人群和喧嚣的楼群，到了河边。

河边无人。树们自由地站着，显得磊落而亲密，微风传递着他们的絮语。我感到一种家园的氛围渐渐升起。心里泛起了阵阵涟漪，我渴望一些落叶来抚慰自己，我愿意一些苔痕拂上我的青衣。

"秋天的美在于她的忧怨，无端的忧怨，来自大地的深处，震荡着人的心灵。"

我恍惚看见友人的眉额蹙如峰峦，正面的那汪秀水涵蓄了多少动人的音符。我轻轻地按着信笺，像弹奏杳渺的琴弦。

我听到了水一般的声音，潺潺湲湲，鸣响耳畔。一滴宁静悬在半空，

它与我的距离，就像太阳与月亮的距离，白天与夜晚的距离，友情与爱情的距离。

凝固了的洪水，悠悠远去。

（《中央民族大学周报》，2000年10月27日）

悲　剧

周敏特别爱看电影，尤其是悲剧，用她的话说，悲剧才有韵味。可自她调到组织部任部长后，就再没清闲过，电影也很少看了。听说今晚上映爱情悲剧《苦涩的爱》，她决定无论如何也要去看一场。晚饭时，儿子吞吞吐吐地说有事要和她商量，她漫不经心地说："有空再说吧。"匆匆扒完饭，她就拖着丈夫去了电影院。

影片的内容是：玲子姑娘从小失去了父亲，母女俩相依为命，清苦度日。她在夜大认识了青年教师丁枫，两人很快坠入爱河。可玲子母亲嫌丁枫清贫，死活不愿意成全这对恋人。玲子不敢违抗母命，忍痛与丁枫分手。极度悲伤的丁枫悄然离去……几年后，玲子的母亲病故，她没忘记刻骨铭心的爱，四处奔走寻找丁枫。最后竟得悉，几年前自愿到某偏远山区教书的丁枫，为救落水学生而献出了宝贵的生命……

从电影院出来，周敏心情沉重，一边用手绢拭泪，一边评论道："真不像话！一桩好端端的姻缘硬让母亲给拆散了。那个丁老师人品多好，家境差点儿有什么关系？爱情怎能用金钱地位来衡量？！唉！"

"这只不过是电影，你又何必当真呢？"丈夫努力安慰着她，想调节一下她的心情。"艺术源于生活，你以为现实中没有这样的事吗？我到机关工作后，见到、听到过不少呢！"周敏一面继续擦着泪，一面反驳道。

夫妻俩感叹着、评论着，不觉已到了家。儿子还在客厅里踱来踱去。"孩子，你怎么还没睡呀？"周敏关切地问。"等你呢。"儿子没好气地说。周敏这才想起他在吃晚饭的时候说的话，便说："晓泳，已经很晚了，有什么事明天再说吧！"

"不，妈，您白天总是忙。这事已经拖了很久了，今晚再不说，我睡不着。""那……好，你说吧！""我……我很喜欢李纯，她人很好，对我也不错。如果您和爸爸同意，我想领她到家来看看你们。"

"李纯，哪个李纯？就是那个开新潮发廊的姑娘？真是天大的笑话！你怎么不想一下自己的身份？！你是谁？她是谁？开理发店的！""理发店的，个体户，那又怎么样？低人一等？！"儿子争辩道。

丈夫赶忙劝解："算了，算了，你们都冷静点。夜深人静的，影响人家休息不说，让人听见会笑话的。婚姻大事，总要从长计议。"

"谁说我不冷静？我冷静得很，这件事绝没有商量余地！"周敏态度坚决，不容置疑。

"妈，我是出于对您的尊重和信赖，才征求您的意见。其实，这件事我们完全可以做主。"儿子据理力争，毫不退让。

"什么？你是铁了心要跟她好，现在才想着跟我们商量。你简直太武断了！"周敏一边说，一边用那块已经湿透的手帕擦着眼中又一次涌出的泪水！

（中央民族大学系刊《史林学步·季风拂面》第三期，1999年11月）

民意、民议及民谣

民意的口头表达就成民议，并常以时政民谣的形式得以流传。虽然民谣有时过于绝对、偏激、消极，但它毕竟反映了老百姓对时政及当权者为政的褒贬好恶。宋真宗时，寇准在抵御外侮和对内执政时有功，老百姓对他加以赞扬，而对诬陷寇准的妥协投降派丁谓加以无情的谴责："欲得天下宁，当拔眼中钉（丁谓）；欲得天下好，莫如召寇老（寇准）。"在杨慎的《古今风谣》、杜文澜的《古谣谚》等书中，古代这类时政民谣比比皆是。

如今提倡选拔干部要走群众路线，尊重民意。时下一些地方也流行搞一些民意测验、民主评议，以了解群众对领导干部的评价。但这些民意测验、民主评议的参与者大多局限在"与领导干部有直接工作联系的上、下、左、右的人"。如此得出的民意，真实可信程度如何，实在该打一个问号。原泰安市委书记胡建学因巨额受贿被捕、被判处死刑。在他当政时，市级机关的大多数干部虽然对他的受贿行为不甚了解，但对其案发前暴露出的思想作风方面的问题是有很多反映的，可笑可悲的是，当上级有关部门来考察胡时，泰安的许多干部都投了他的"优秀"票。北京的王宝森、萧山的莫妙荣据说民意测验中得到的优秀票都不少，但就在这种"民意"下，他们却在干着什么样的勾当！

其实，真正要察民意，就得民议。听老百姓是怎么评价当政者的行为的。民谣就是老百姓议政议官的一种方式。上面提及的胡建学当政的所在地泰安的老百姓就有一些一针见血的民谣，评议他的"政绩"。胡建学为树"政绩"，在财政极为困难的情况下投资8000万，搞了一座可容纳3万人的体育场。胡吹嘘说，泰安要办全国、全亚洲甚至全世界的运动会。可泰安群众则评价："投资8000万（还不包括下属各县市区无偿出工出料），用了两天半。"这两天还是为用而用，不是非用不可。1994年泰山国际登山节开幕式，在这里演练、举行。从1995年以后，登山节开幕式简化，体育场就一直闲置着。胡建学曾一再对上级打包票："泰安的副县级以上干部不存在腐败问题！"而就在他吹牛的同一时期，一段顺口溜在泰安干部群众中流传："副科提正科，得花一万多；正科提副县，得花四五万。"

时政民谣，往往以针砭官场腐败、社会不正之风者居多。故一地政风不好，民谣就会不胫而走。原广东佛冈县县长廖天财，副县长张伟雄，嗜财如命，结果在国道改造工程中因重大受贿案被逮捕判刑。其实当地老百姓早有绝妙评语："廖天财，发财打横来；张伟雄，见钱就眼红。"

民谣往往"顺口"不"顺耳"，但不管对错与否，绝不会是空穴来风。既然得以传播，至少反映了一部分民意民情。写到这里，笔者突然冒出一个"荒唐"的想法：负有识人、察人、荐人重大责任的"伯乐"们，在了解考察干部时，是不是有必要收集一下老百姓评议当地时政的民谣，从中获取有用的信息。

这，或许也算一种考察干部的途径吧！

（中央民族大学系刊《史林学步·刻舟求鉴》第三期，1999 年 11 月，署名老枪）

从谁做起？

著名社会学家孙立平先生在《道德重建与制度安排》一文中说："道德的示范，在很大程度上是一种自上而下的过程。前些年有一个口号，叫作'从我做起'。作为一种自律，这是不错的。但如果从整个社会角度来看，这个口号又是不够的。在整个社会的层面，'从上做起'，要比'从我做起'更为重要。"

在社会主义精神文明建设过程中，建立良好的道德秩序、道德示范当然十分重要。那么，这种示范者应当是谁呢？"从我做起"吗？"以己为师"是勉强的。"从人做起"吗？又带有道德电筒——专照别人的意味。看来，只有"从上做起"，才能体现道德示范的基本特征。问题是这么说对"上"者算不算苛求呢？是否有悖于文明古国的温良恭俭让呢？

唐太宗李世民认为："若安天下，必须先正其身。未有身正而影曲，上治而下乱者。"管子曰："道（导）民之门，在上之所先；召民之路，在上

之所好恶。"孔子则说:"其身正,不令而行;其身不正,虽令不从。"这些哲言强调的都是"从上做起"的必要性,当然体现了更多的正面作用。"上宣明则下治辨矣,上端诚则下愿悫矣,上公正则下易直矣。"(《荀子·正论》)那么,如何评价"从上做起"的负面作用呢?所谓"从上做起"的负面作用,是指位在其上者违反道德规范的行为所带来的负面作用。"上有好者,下必有甚焉者矣。"(《孟子·滕文公章句上》)"城中好高髻,四方高一尺",其"榜样"作用真可谓风行草偃,大莫是也。一个地方,一个单位,一旦出现了"台上他说,台下说他"的尴尬局面,这个地方的廉政要求恐怕十有八九要落空。这就是孟轲老先生所谓的"枉己者,未有能直人者也"的最浅显的显应。

在我们这个官本位色彩浓重的社会里,"从上做起"的"上",首先是指职务居上者,如县之于乡,市之于县,省之于市……其次,这"上"又不仅仅如此,比如,医生于患者,经理于员工,列车长于乘客等,一句话指强势群体与弱势群体。所谓道德示范的要求,也主要是针对这部分人而言的。

"从上做起"首先在于道德自律,"上"应为"下"的楷模和典范。不仅"一级说给一级听",更应"一级做给一级看"。尽管建立这样一种道德秩序有些无奈和低层次,但对于维系整个社会道德心理的平衡,仍然十分重要。然则,建立这种道德秩序,仅靠位居其上者的"内心自省"或"灵魂深处爆发革命"还不够,还必须由整个社会制定必要的道德规范以为绳墨。实际上,这样的规范我们并不缺乏,只是这些规范所施之的对象发生了错位。有人说,我们当前的道德要求,是对干部进行廉洁自律教育,对群众进行"三个主义"(社会主义、集体主义、爱国主义)教育,对孩子进行"雷锋精神"教育。对干部的教育低于对群众的教育:廉洁自律——不贪污受贿之谓也,不贪污受贿只不过是不违法犯罪而已;对大人的教育低于对孩子的教育:"雷锋精神"——共产主义精神之谓也。这种说法可能过于尖刻、不够全面,但从种种媒体的报道来看,确实又在不时地暗示着这样的事实。这一事实本身,势必对整个社会的道德重建产生消极的影响。

提倡"从上做起",并不是要否定"从我做起"。"从我做起"作为一种道德自律仍属必要。但在现实生活中，由于目前党风政风方面存在的问题比较多，作为一般群众、一般党员，哪怕只为办理一件百分之百正当又合法的事情，"从我做起"，不求人情，不走"后门"，几乎一步一坎，处处障碍，往往遭遇很多困惑、麻烦、挫折和委屈。"从我做起"中的"我"当然包括"从上做起"中的"上"那一部分人，但这毕竟只停留在"自律"层次，倘其不能"自律"，一般群众只能徒呼奈何而已。如果你的事情人命关天，十万火急，不走"后门"即意味着甘愿吃亏，自认倒霉，甚至招致更为严重的损失。有人会说，提出"从上做起"这一口号，有可能助长群众的失衡心态和离心情绪，而对社会稳定不利。在他们看来，好像群众的失衡心态和离心情绪不是由于某些"上"者的行为，而是由于一个口号的提出而引起的。殊不知，他们恰恰忘记了"上下不和，虽安必危"（《管子·形势》）的古训，忘记了保持社会稳定的基本前提是建立党群、干群之间纯朴信任、团结和睦之关系。

这种 ABC 般的道理，就用不着再重复了吧？

（中央民族大学系刊《史林学步》第四期，2000年5月，署名云岩斋主）

谢绝神话

现如今各式各样假冒伪劣产品肆意横行，以至有人惊呼："现在除了骗子是真的以外，什么都可能是假的。"在这包装技术、制假能耐异常发达的今天，人们深受假冒伪劣坑害，怀疑的精神正深入到大多"信息终端者"的心田中。信息的发达使成熟的消费者学会了过滤掉那些虚假的、错误的信息，真相终被沉淀出来。

由对消费品的不信任扩大到对"明星大师""文化精英"的怀疑，人们

惊讶地发现，不但市场上充斥着大批伪劣产品，看看那些光芒四射的"星"们，其实有的只是自己看花了眼，只是由于上了某些"包装商"的当。一些风云人物、政治巨星们其实也蕴藏了阴暗混乱的一面，那些高尚中其实也蕴藏了许多卑鄙，那些真挚中也包含了许多做作，那些被宣传成无所不能、无懈可击的完人中，其实也掺和了许多的假冒伪劣产品。

20世纪的科学天才爱因斯坦，生前是个"厌恶女人者"，因为他经常说自己是多么憎恨婚姻，说婚姻"是试图把一个偶发事件变成持久关系的徒劳之举"。而英国《星期日泰晤士报》披露的这位伟人的一些私人信件表明，爱因斯坦其实是个"很喜爱追女人的男人"。他50岁的时候，跟不少富有的女人有染，同时公开追求许多漂亮的女人。那个时候，他也有了名气，崇拜他的女人越来越多，许多人恳请他亲自向她们解释相对论。

偶像是碰不得的，一碰之后，就会有金粉留在手上。福楼拜在其名著《包法利夫人》中这样写道。这是一部描写一个对生活过分热情的女人爱情破灭的故事。幸好生活中的我们并不都是如爱玛一样，经不住对偶像失落的打击而崩溃。倘若崇拜者的生存全赖于偶像熠熠光芒的滋润，那星星坠落后，仰望星空的人便可能掉入深渊。

达达派的始祖杜尚在小便盆上签了名送到展览馆去，曾感动过许多痴迷艺术者，他们试图从杜尚的便盆上理解深邃的艺术。许多年以后，杜尚自己说，这根本不是艺术，但别人却把这便盆上的签名看作了不起的杰作。毕加索也曾坦白自己晚年的作品多是涂鸦之作。杜尚和毕加索像骗子吗？他们比那些至死都不肯露丑的名人、伟人们倒要多几分可爱几分真诚，他们想警告那些对大师顶礼膜拜的人，迷信是一种十分危险的人生错觉。

其实，所谓的"名人大师"也有上当的时候。伦敦的一家电视台曾经播放过一个脍炙人口的节目，是真人真事的实况录像。制作过程是这样的：先请几个正在大街上扫地的清洁工用自己手里的扫帚，在一张准备好的画布上任意涂抹，然后煞有介事地拿到某个艺术中心，邀请一些著名的美术理论家、评论家，请他们对这幅被说成是"某大师新近问世的抽象画"进行评论，被蒙在鼓里的理论家们对"大作"作了精细的分析，有历史的引证，哲理上的引申，还有对艺术技巧上的赞叹。该节目播出后，一时传为笑谈。

　　清代大学者俞正燮，曾经有过一个比较让人吃惊的研究成果，他以为中国人的肺有 6 叶，洋人的只有 4 叶。俞先生的学问在他那个时代是名列前茅的，今天当然没人相信这个了。不过仍然有人相信这样一些事情：耳朵可以识字；练气功到一定功力，可以使玉米的遗传因子变异，亩产从 1000 斤提高到 3000 斤；气功还可以遥控杀人，可以使导弹改变航向……神话常常是令人感动的，能感动得使人失去起码的理智和常识。然而，神话不久又纷纷崩溃，大师匆匆登台又退场。哲人尼采说："我看见有人伸开和膨胀了自己，于是有人叫道'看啊，一个伟人！'但是一切的风箱又有何用！最后空气从里面出来。"

　　让我们为所有离奇的神话喝倒彩吧！

　　　　　　　　　　　　　（中央民族大学《团刊》，署名江南老狼）

对法律精神内核——自由的思考

　　法律，作为一种具有普遍意义、明确内容，强制力量最强的特殊行为规范，是统治阶级共同意志的体现。法律所作出的种种规定，本身包含自由原则的体现。自由，是法律的精神内核之一。下面仅是我对此问题的一孔之见。

　　一、自由不是人的天赋权利，只是一种政治权利。至于天赋权利说，它是以理性主义的自然学说为基础的，所谓天赋在这时就是指天然或自然。按理性主义哲学家的理解，自然的天赋的东西是最确定的，是其他一切东西的基础，它不是时间上在先，而是原则上在先，也就是说，它不是就时间的顺序而言先于其他一切原则，或者先于自身或与人自身同时而产生的，而是说，它是更为基础，更为本质的原则，它本身蕴含着其他一切东西的确实性。在

这个意义上才可以说，自由是人的天赋权利，正如伏尔泰所说，人性的最大天赋叫自由。

然而，权利是一个政治概念，人生活在社会中而不是生活在自然中，人是社会的动物而不是纯自然的动物，理性主义者虚构的逻辑起点——天赋的原则是根本不存在的，人的一切权利都来自社会，而不是来自自然，自由也是一定的社会关系和经济关系的体现。因此说，自由并不是人的天赋权利，只存在社会的或政治的自由，不存在自然的自由。

自由是人们的一种政治权利，人们在社会生活中，都应享有最基本的政治权利，如议论自由、出版自由、人格独立等。任何对别人的奴役是对自由的践踏。然而，既然是政治权利，自由就必然有一定的限制。人们追求的不是压制别人的权利，而是按照自己的选择和思考行事的权利，并且当人们这样做的时候，不可妨碍其他人同样地去做。

良心自由、信仰自由和思想自由是相对的，而言论自由、出版自由和行动自由却是绝对的。思想不会也不应该无声无息地在"睡帽"里默默消失，社会需要有创造性和批判性的思想交流，因此就需要有言论自由和出版自由，即表现自由，这本身无疑是自由的基本内涵。在政治生活中，表现自由不可能是绝对的：其一，言论和出版背后总是与某一社会集团或阶级的利益联系在一起，金钱、社会地位、权势等，往往驾驭着人们的舆论；其二，任何人的言论或出版自由都必须以不诽谤、诬蔑、中伤、压制别人为限。

二、自由是人们法律关系的体现。马克思指出："法律上所承认的自由在一个国家中是以法律形式存在的。""法律不是压制自由的手段，正如重力定律不是阻止运动的手段一样。……法典就是人民自由的圣经"。法律上所承认的自由是属于国家政治生活范畴的，是指人们普遍的权利，因此它的存在及其界限必须由国家来规定、认可和予以保证，同时还必须以一种最适宜的行为规范的形式来实现其内容上的要求，而法律就是这样一种承认自由、肯定自由、确定自由合理界限的特殊行为规范，"法律是肯定的、明确的、普遍的规范，在这些规范中自由的存在具有普遍的、理论的、不取决于个别人的任性的性质。""自由不仅包括我靠什么生存，而且也包括我怎样生存，不仅包括我实现着自由，而且也包括我自由地实现自由。"在这个意义上可以说，法律是对自由的普遍规定和可靠保障。

从另一方面来看，法律和自由毕竟是两个不同的概念和范畴，它们又有其相对立的一面。法律对自由的保护是有一定条件的，它对自由的保护中常常规定着对自由的限制乃至剥夺。

西方真正严肃的、有教养的思想家，不论是保守主义者，还是自由主义者都不主张绝对的自由，从洛克到现代思想家杜威都认为，在一个有法律的社会里，自由仅仅是一个人能够做他应该做的事情，而不被强迫做他不应该做的事情。自由是在法律规定的范围之内的自由，任何人都享有自己的自由，但这个自由不可妨碍别人的自由，不可侵犯他人的权利。一个人的行为，一旦对他人产生有害的影响，就必须为自己的行为承担法律责任。资产阶级思想家为了本阶级的利益也不会同意绝对的自由，而主张绝对自由的却是那些无政府主义者，边沁在《无政府主义之谬误》中指出："行使自由的行为不能对公众有所危害，既不能有任何危害，也不能因其能有相等的利益作为补偿而允许这种危害的存在。"塞缪尔·约翰逊说："每个人都有权表达他认为是真理的东西，而其他人也都有权不尊崇这个东西。"这便是自由。

自由必须限制在法律的范围内，而法律的制定不是随意的，它也必须以自由为基础，也就是它应该以大多数人的幸福为目的，应该是公民意志的体现。法律的规定必须以某种形式取得公众同意，而不能是个别人随心所欲的玩物。

法律不可能取得全民的同意，而应是多数人意志的体现，但是它也应该保护那些少数人的基本权利。正如美国《独立宣言》起草人杰斐逊所说："大家都会记牢这个神圣的原则，虽然多数人的意志在任何情况下必然会占上风，这种意志必须合情合理才能正确。但少数人也享有同等的权利，这种权利必须用同等的法律加以保住，如果侵犯，就构成压迫。"

三、自由是人们精神关系的体现。文学艺术的发展并不取决于政治状况。在专制统治与民主制度中，都有可能产生杰出的作品。希腊黄金时代的作品，既有出自斯巴达人之手的，也有出自雅典人之手的；文艺复兴时期的意大利

还远不是一个民主国家，然而自由宽松的政治气氛与艺术作品的风格有密切的关系。

宗教信仰自由历来是自由原则的重要组成部分。神学家追求的是精神的自由，而启蒙思想家不仅追求肉体上的解放，而且还要摆脱宗教上给人们精神造成的罪恶束缚。

四、自由是人们经济关系的体现。不同的阶级，不同的利益集团出于不同的经济目的，对自由的理解和要求也是不同的。社会主义者认为，要实现真正的自由，首先必须实现经济上的平等，不摆脱资本的奴役，便无自由可言。温斯坦莱早就说过，真正的自由在于人人都丰衣足食，食不果腹衣不御寒的人其精神必遭奴役。对于马克思主义者来说，资本主义的自由实质上是贸易自由、竞争自由、资产运行自由、工人出卖劳动力的自由、小资产者和小农有失去财产的自由，无产者有被人榨取剩余价值的自由。

五、自由是人类未来社会的理想。借用雅斯贝尔斯的话说："在西方世界的历史里，只呈现着一些个别成功的自由之光的岛屿。"大多数争取自由的尝试都失败了。西方历史所走的道路，决不是一条自由越来越多的历史道路。到了今天，西方世界正在急剧地堕入不自由之中。由技术进入大量生产时代，自由似乎比历史上任何时期都更加不可能了。差不多所有的人都只为当前一瞬间活着。没有将来的远大前景，没有蕴藏在自己的过去和公共的历史中的深厚根基，人的生活就仅仅是强制劳动和有组织地休闲。这就使自由完全消失了，这就使今天的真正人性被埋没了。

我们的未来社会，一定会消除技术的进步给自由造成的异化，以实现人的真正自由为目的，共产主义社会没有资本的压迫，没有分工的局限，没有统治者，没有官僚，社会产品极大丰富，人们组成"自由人联合体"，无论在物质上还是在精神上，人们都是自己的主人，从而实现真正自由。西塞罗在两千多年前就说过："哪里有主人的精神存在，哪里就有自由。"

歌德杰作《浮士德》中主人公浮士德最后的诗句是这样的：

　　　　　是的，我要向这种精神献身，

它是智慧的最后总结；
每天争取自由和生存的人，
才能享受两者的权利。
因为在这里，幼者壮者和先者，
都在危险中度过有为的岁月。
我愿看到这样的人群，
在自由的土地上跟自由的人民结邻！
那时，让我对那一瞬间开口：
停一停吧，你真美丽！
我的尘世生涯痕迹就能够
永世永劫不会消逝。

　　编后：《法原》这次"相逢法律"主题征文得到全校同学的热情支持，共收到稿件二十余篇，在此特向各位作者致以衷心的感谢。但由于系外同学对于法律的陌生，很多稿件虽然文笔很好，却与法律无缘，或者说把生活中发生的不是法律调整范围的事当成法律现象来评析，致使许多文字质量很高的稿件未被采用。今天选登杨唐杰的这篇文章对法律所保障和为法律所体现的自由是有一定的认识深度的，特刊出以示读者。

（中央民族大学法律系《法原》第九期，1998年5月）

做跨世纪的建设者

——纪念"五四"运动八十周年

今天，历史让我们青年生活在了一个大气磅礴的改革年代，时间让我们挺立在世纪和千年交汇点上。为完成不可推卸的历史使命，肩负起沉重的社会责任，我们必须对"五四"传统作出符合民族精神和时代精神的演绎与诠释：抛弃对疾风骤雨般社会运动简单的形式模仿，我们将选择坚韧严谨的建设者和开拓进取的创新者形象；拭去对"五四"精神理解上的运动印迹，我们将"务实、建设、创新、奉献"赫然书写在中国青年光荣传统的大旗上。

务实并不是今天的发明，只不过应该做特殊的强调。实际上，在"五四"时期，一些走在时代潮流前列的先驱，就把马克思主义普遍真理与中国革命的具体实际结合起来，为后人树立了实事求是的典范。"五四"还开创了知识分子走向民众的传统，先进的思想理念在中国找到了推动社会进步的现实力量，这也是中国现代务实精神的具体体现。今天重新强调务实，实际上意味着：一方面我们要对国情和历史有科学的把握，对使命与责任有正确的认识，从而避免心浮气躁的盲目超越和悲观失望的退缩逃避；另一方面，把爱国的热情与创造的冲动转化为具体的行动，不仅要"坐而论道"，更要身体力行。一句话，要走"行动而不等待，实干而不空谈"的循序渐进的建设之路。

建设的对立面在观点上是"批判"，在行为上是"破坏"，但这并不是说前者与后两者是截然对立的关系。通常，我们认为"五四"精神中，批判精神、破坏精神是其主导方面，而实际上建设思想已深藏在"五四"先辈心中，只不过当时不完成批判和破坏的工作，建设则不可能进行。建设从来就是革命和社会运动的目标，是"五四"先辈们梦寐以求的理想。我们今天奋力实践着的恰恰正是先辈"批判"活动的历史延伸。建设也许并不豪迈潇洒，但却需要成熟与理智的加盟，因为建设考验的正是耐心和智慧。建设不仅要求我们领一时风气之先，而且还要求我们永远保持思想的激情和创新的活力。只有通过建设的日积月累，我们才能走出传统社会的地平线，真正叩开现代化的大门。

创新是一个民族进步的灵魂，是国家兴旺发达的不竭动力。务实之后的投入，建设步伐的加快，都要通过卓有成效的创新活动体现出来。当今世界，科学技术突飞猛进，知识经济已见端倪，国力竞争日趋激烈，创新渐成时代潮流，强国的希望在创新，创新的希望在青年。创新意识和创新能力已成为我们每一个有志于献身祖国建设事业的爱国青年的必备素质。

"甘于奉献是青年应有的精神境界。"曾有人认为，"牺牲精神"是"五四"精神的第一要义。和平时期及建设年代也许不再要求青年慷慨悲歌、从容就义，但为理想和信仰的付出并未减少。如今的奉献，虽不必经受酷刑拷打，但要在物质丰富的条件下抵御享乐的诱惑，也殊非易事。如今的奉献，虽付出后不至于度日维艰，但有时要与冷漠、麻木和误解做不懈的斗争，这无疑也是对信念和人格的巨大考验。

黑暗时世，爱国就是救国，进步则多表现为批判，救亡图存之路上交织着抗争和呐喊；光明岁月，爱国就是强国，进步则多表现为建设，富民强国的征程上融汇着创新和奉献，因此，务实的作风、建设的态度、创新的追求、奉献的境界，是"五四"精神在现时代的折射和反映，也是我们面向未来建功成才的必备品质。

正是在这个意义上，我们说，纪念"五四"，是一种永远的行为，因为"五四"精神的流变已成为我们青年人进步与成熟的象征。

（中央民族大学《团刊》）

伊人芳踪已杳

序

从林老师手中接过高考成绩，叶思只是略微笑笑，并没有显得特别兴奋——这早就在他预料之中。一年以来，以他的聪明和刻苦，哪次考试不是首屈一指呢？林老师说，他是本市高考文科状元。状元？他蓦然一惊。奶奶，您的梦已成为现实，九泉之下您也该瞑目了吧？

他信步来到东湖，湖面的风光依旧是那么旖旎。他想起了一首诗：去年今日此门中，人面桃花相映红。人面不知何处去，桃花依旧笑春风。现在是夏天，当然不会有桃花，更不见伊人的笑靥——一年前，她就离开这里到武汉去了。

他取出身上的一封信。这是她从武汉寄来的第十封信，字迹娟秀，像她美丽的脸庞。她告诉叶思，这一年以来，她一直惦记着他，她把这份思念深埋在心底，化作学习上的动力，因此，她在武汉三中一直名列前茅。这次高考，她自我感觉不错。她说，她母亲舍不得她离开，想让她就近读武汉大学。她问他打算报考哪所大学，能不能也读武汉大学，来继续写他们的历史，编他们的故事……

伊人芳踪已杳，倩影长留心头。叶思轻轻把信叠上，默默地注视着宁静的湖面和湖面上倒映着的蓝天，一年多前的故事如同这天空中的白云，一片接着一片在他眼前飘过……

一

春天来了。先是一阵和风，熏得树枝柔柔的；接着是一阵细雨，将星星点点的嫩绿洒在枝头上。

这年春天，学校将高二（2）班组建成一个文科班。叶思和潘紫就是散落在这根枝条上的两粒嫩芽。

这天早晨，天空下着小雨，叶思望着窗外纷飞的雨丝。一把小花伞，从雨雾中缓缓移来，紫色的小花排成几朵大花，煞是好看。伞下面是一个身材修长、体态婀娜的女孩，每走一步都形成独特的舞姿。她披着一头黝黑细密的长发，不像瀑布，倒像兰花垂落的富有韵味的长叶。

"这女孩好面熟，伞也眼熟。"从看到她的第一眼起，叶思就觉得奇怪，于是他问同桌小哲："她是谁？"

"是我原班的同学，叫潘紫。"小哲顿了顿，问道："怎的，你认识她？"

"是——是——相当面熟。"叶思讷讷地说，仍然用一种思忖的目光去看那个女孩。"好漂亮的名字，很有诗意。"他想。

3月15日是校庆。今年恰逢建校60周年，学校决定下午进行校庆演出，要求每班出一个节目。开学快一个月了，尽管大家还不是很熟，但彼此都认识了，高二（2）班决定由潘紫独唱一首歌。

潘紫出场了。天气不很冷，她穿着一套嫩绿色连衣裙，亭亭玉立在舞台上，楚楚动人，落落大方，有如田野中的一棵小树，浑身散发着春天的气息。她有点矜持地扫了一眼台下，然后开始唱歌。她歌喉圆润，咬字清晰，台下一片寂静。唱完了，台下顿时沸腾起来，热烈的掌声中夹杂着叫好声，一片沸沸扬扬。

叶思目不转睛地盯着潘紫。他们究竟在哪儿见过面呢？他绞尽脑汁，搜索枯肠，希望能顿开茅塞，解开心中的疑团，可是却越想越糊涂。

"叶思，叶思。"小哲一连叫他几声，又拍拍他的肩膀。叶思这才回过神来，冲小哲抱歉地一笑。

"你怎么了？魂不守舍的。"小哲说着，又压低声音问："叶思，你是不是喜欢她？"

"我这么说过吗？"他反问道。

"是你的神情告诉我的。"

"我不过觉得她面熟罢了。"叶思极力解释道。

伊人芳踪

"面熟？见到漂亮女孩就面熟？"叶思的好朋友夏晖笑嘻嘻地回过头，满含戏谑之意，"贾宝玉第一次见到林黛玉时也说觉得她面熟的。叶思，你不会是在打潘紫的主意吧？"

"怎么会呢？我是那种人吗？"叶思无可奈何又一本正经地说。

是啊，他会打什么主意呢？他不过是想弄清潘紫面熟的原因罢了。

慢慢地，叶思知道了关于潘紫的一些情况：她父亲在武汉工作，母亲是本市某单位的副科长。她呢？自从降生在这个小城里，人生的道路上就总是洒满鲜花和阳光。她虽不是冰雪聪明，但和一般同学相比，总是觉得那么轻松，玩得那么开心。

自从进入新班以来，他和她打过几次交道。凭他的直觉，她很乐意和他交谈。从她的言谈举止中，他觉得她是一个温文尔雅的女孩，但也不乏开朗洒脱。你若是和她说话，她那娓娓道来、从容不迫的气度定会让你折服。有时她的语言或语调很幽默，会惹得你忍俊不禁，可她自己却沉得住气，一本正经。

不知道为什么，叶思觉得她的这种性格好可爱。

二

星期六傍晚，叶思到新华书店买了几本书，兴冲冲地走出店门。

"叶思。"

他听见一个声音在叫他，忙回过头去看。只见潘紫笑吟吟地走了出来，手里拿着本书。

"你也来逛书店？"叶思问。

"是啊，买了本书。"她微微一笑。

"什么书？"叶思又问。

"嗯——汪国真的什么诗选。"她歪着头，顽皮地说。

"什么诗选？"他先是一愣，继而明白了——对中学生来说，那个词是"禁忌"的，他也笑了。

他们说着话，穿过喧闹的人流，来到宁静的东湖边。这时候，西边的太

— 32 —

阳像火一样燃烧着，把半个湖面都点着了。

潘紫颇有感慨地说："此情此景，正是'一道残阳铺水中，半江瑟瑟半江红'啊。"

叶思很欣喜地说："你也爱读诗？"

"咳，小诗人，你又没申请专利，我当然可以喜欢啦。"她风趣地说。叶思曾在省级杂志上发表过几首小诗，想必她读过了。

于是，他们沿着长长的堤岸一直走下去，谈起了古今中外的一些诗人。潘紫从东晋的陶渊明说起，说他清高孤傲，不为五斗米折腰；说他的田园诗恬淡自然，真实动人……

潘紫就这样滔滔不绝地讲啊讲啊，叶思一直听得津津有味。他不时偏过头去看她一眼，心里暗暗惊讶：想不到她知道的东西这样广泛而详细。

潘紫说完这些以后，叶思也不甘示弱，他从郭沫若的《女神》、徐志摩的《再别康桥》，说到艾青的成名作《大堰河——我的保姆》，又说到雪莱、拜伦、泰戈尔、普希金、聂鲁达、艾略特……

叶思口若悬河，侃侃而谈。潘紫认真地听着，热烈的目光一直注视着他。

最后，他们把话题转到了当今诗坛瞩目的诗人汪国真身上。

叶思说："他的诗清新、恬静，自然而又富有很深的哲理。"

潘紫接着说道："如一泓清澈的潭水，如一条奔流的小溪，富有音乐感和流动感，并且短小精悍，明晰易懂，一点也不晦涩。噢，对了，叶思，我觉得你的诗颇有他的味道。"

叶思两手斜插在衣袋里，扬扬眉，又低头一笑："是吗？你太过奖了。"

西边的火红逐渐暗淡下去，湖面罩上一层薄薄的暮霭。远望街上，橘红和乳白色的灯光正交相辉映。

他们就在湖边的一棵丁香树下告别了。两人都觉得有些兴奋，又有些疑惑：为什么在他们相处的时候，时间过得特别快呢？

三

一天课间操时间，天空中飞着细雨。叶思下楼买了本练习本，又匆匆上楼来。走到教室门口时，他看见班主任正拿着一个牛皮纸信封在找谁。叶思的心猛地一紧，又怦怦直跳起来。"一定是我的信。"他想。寒假期间，他写了一篇几千字的小说《少年的心》寄了出去，想必是编辑部来了用稿信吧？是的，一定是的！开学后一些同学看过他的底稿，都称赞过那篇小说。他按捺不住心头的激动，三步并作两步向座位走去。

班主任林老师果然把信封递了过来。叶思迅速瞥了一眼右下角，只见上面赫然印着"少年文学"字样，脸上顿时挂满了笑容。撕开封口，他的手却停住了：这不是他的小说稿吗？他的心顿时从沸点降到了冰点。

"被退了。"林老师问起时，他装作毫不在乎地说。一些同学围了过来，用眼神安慰他。叶思冲他们微笑着，心头却掠过一种不可名状的感情，有遗憾、悲凉还有困倦……

中午，同学们拥出教室，叶思却依旧坐着，神色惘然……

是谁向他走来了？叶思懒懒地抬抬眼皮。是潘紫！她怎么还没回家？

"喂，还在为退稿的信烦恼啊？"她在他面前的座位上坐下来。

叶思定定神，这才发觉教室里只剩下他们两个人。"你也知道了？"他回敬她一个无奈的苦笑。

"你不会灰心吧？"她关切地问。

"灰心？"他故作惊讶地说，"我一向都是很自信的，我只是觉得有些累。"

"累？"她的脸上布满疑云。

"是啊，"他感慨道："有时候是身体累，有时连心也觉得累。爬格子当作家可真不容易啊！他需要有很高的悟性和敏捷的思维，需要能于平常事中洞察出人生的哲理。他还需要有强健的身体和对文学的一片赤诚，需要有一颗永不懈怠的心。这一切，我都有了吗？"他顿了顿，又说，"累，我并不觉得可怕，可怕的是付出了劳动却没有好的回音……"

潘紫双手支着下巴，认真地聆听着叶思的倾诉。听着他说完了，她说："俗话说：'一分耕耘一分收获！'这篇小说你换个地方投吧，我相信它一定会有出头之日的。"

叶思很诚恳地听她说着，就像她听他说时一样。他凝视着她，她的嘴唇如花瓣一样轻轻地翕动着，一双深湛幽黑的眸子，挺直的鼻梁，小巧的嘴巴，这些都那么和谐地嵌在一张红润的脸庞上，那么美丽，又那么熟悉。

叶思心中的疑问又浮了上来，于是他说："潘紫，有件事我想问你……"

"以后再谈好吗？"潘紫有些紧张地说，朝他努努嘴。

叶思向外望去，原来几个同学已吃完饭，正隔着窗故作惊讶地唏嘘。

四

四月下旬的一个星期天早晨，十几辆自行车载着二十来人，浩浩荡荡地向市郊龙尾山飞驰而去。

骑车郊游的点子是叶思提出来的。开始大家还犹豫不决，后来潘紫说："这个提议很好呀，又省钱又自由，还可以尽情欣赏一路上的风景。"

大家马上就叫好同意了。叶思轻轻地对潘紫说："知我者莫过于君也。"

没想到春游的前一天晚上，潘紫惨兮兮地来找叶思，说："我的自行车被邻家的小男孩弄坏了，你明天能带我吗？"

叶思当即显出一种大丈夫的气概，拍拍胸口，很爽快地答应了。

这天早晨，潘紫穿着一件式样新颖的淡紫色柔姿衫，一条乳白色的奔裤，头发用花丝绸扎成蓬松的一团，显得洒脱而又俏皮。

叶思穿着一件白T恤衫和一条黑西裤，都只有半成新，但配上他高瘦的身材，却也显得英爽挺拔。

自行车在平坦的公路上飞奔，大家的眉宇间都流露出几分喜悦和兴奋。

太阳苍白的脸逐渐呈现出红色，周围的一切都变得明朗起来。公路修建在大堤上，左边是一条潺潺流淌的小河，如一条银色的带子飘向远方，右边是一望无际的黄灿灿的菜花，清风送来馥郁的幽香，丝丝缕缕窜进人的心底。

道路有些起伏不平，叶思怕摔坏了潘紫，也就放慢了速度，于是他们落在后面了。潘紫也不催促，只是戴着耳机欣赏音乐。

叶思正用力蹬着脚踏板，突然感觉耳朵被什么东西捂住了，接着听到一阵悠扬舒服的钢琴曲。一股暖流顿时涌遍了他的全身。

"是理查德的钢琴独奏吧？"叶思说道。

"你听过？"潘紫大声问道，有些惊讶。

叶思自豪地笑了笑："我认为，当今世界上只有一位钢琴大家，他就是理查德·克莱德曼。这回肠荡气的钢琴曲，除了他，还有谁能演奏得出呢？"

公路已经是在小土丘中爬行了，地势时高时低，崎岖不平。有些地方，公路是在小土丘上切过去的，两边裸露出风化了的石头。路旁开满了一丛丛杜鹃花。

叶思慢慢地停下车。"怎么了？"潘紫不解地问。

"待会儿你就知道了。"叶思神秘兮兮地说。他架好自行车，掏出小刀割了几枝怒放的杜鹃，然后扎成一束。他想把它送给潘紫。他觉得，美丽的花送给和花一样美丽的女孩，是理所当然的。

就在他把花递过去的一瞬间，镁光灯一闪，接着是潘紫"咯咯"的笑声，如风铃般动听。

"叶思，这张照片保证又自然又潇洒。"她很得意地说。

叶思笑了，问："喜欢这花吗？"他觉得自己的脸有些发烧。这可是他第一次送东西给女孩子呀。

"当然喜欢，谢谢你。"潘紫接过花，她的脸就像她手中燃烧着的杜鹃，充满了春天的气息。

她把相片递给叶思，又从提包中取出小花伞，撑开，冲镜头甜甜一笑。

就在按下快门的同时，叶思心中的疑云又倏地浮了上来。这人，这伞，他都觉得那样熟悉和亲切。这究竟是怎么回事呢？

"你怎么了？叶思。"潘紫看着他，关切地问。

"有句话我想问你，你可不要骗我啊。"

潘紫不知是什么事，咬着嘴唇眨着眼睛，很急切地望着他。

"我们以前是不是在哪儿见过面？好像是在一个下雨天，你打的也是这把伞。"

潘紫很抱歉地摇摇头："我怎么一点印象都没有呢？"

叶思很失望地叹了口气："算了，也许是我弄错了。潘紫，我们已经被丢得很远了。"随即，他奋力向前冲去……

五

黄昏时分，天边飘来一大片白云，接着，哗啦啦下了一个晚上的倾盆大雨。第二天早晨，起床铃响时，雨仍没有丝毫的退意。

宿舍里只有一把伞，夏晖说："你们等着，我到宿舍再借几把来。"

过了几分钟，夏晖拿着四五把伞回来了，叶思一眼就认出了潘紫的那把紫色小花伞。可是夏晖偏偏递给他一把大的黑伞，他狠狠一推，瞪了夏晖一眼，便冲进滂沱大雨中。

"叶思，你怎么了？打伞呀！"夏晖和小哲在后面大声叫道。

不知何时，一把熟悉的小花伞在他头顶开辟了一片明朗的天空。他抹了一把脸上的雨水，摇摇头，又理了理额前的头发。看来是他错怪夏晖了。

"瞧，你的衣服全都淋湿了。"潘紫关切地说，长睫毛下的两只大眼睛一亮一亮地扑闪着。

叶思的心头猛地一热，一时间，觉得自己是多么的温暖和幸福啊！

夏晖他们从后面跟了上来。"呀，我说怎么对我那么凶，原来是我多管闲事，早有人在这儿等着叶思呢。"夏晖戏谑地说道。

"我们俩，共同打着一把小雨伞……"小哲也唱了起来。

走进教学楼时，叶思故意放慢脚步。小哲走近他，冲着他挤眉弄眼，伸舌头。叶思"威严"地警告他们："不要少见多怪，小题大做！"

"是。"两人几乎同时答道，"啪"的一声收了雨伞。

可班上的同学还是都知道了。

上晚自习的时候，林老师把叶思叫到了办公室。他很客气地让叶思坐下，然后点燃一支烟悠悠地吸着，一言不发。

这是个很好的班主任，前年才毕业于北京师范大学，但同学们都很尊敬他。

　　他准是听到了同学们的议论。叶思这么想着，心里不禁有些不安，于是先开了口："老师，您找我有事吗？"

　　"这次期中考试，你和潘紫的成绩都有所下降，你们都要好好分析一下原因。"林老师吐出一个烟圈，漫不经心地说。

　　"嗯。"叶思怯怯地应道。

　　"据我观察，你和潘紫很要好，是不是？"他紧紧盯了叶思一眼，"用不着否认，我全都知道了。我并不想责怪你，只不过想提醒你一句，你是农村来的孩子，父母对你寄予了很大的希望啊，不要辜负了他们！明年就要高考了，你们都不能放松学习、掉以轻心啊。"

　　叶思默默地听他讲完，不想辩驳，或者说是无可辩驳——他是以一个兄长的口吻来对他说的，一切都是为了他好，他又能说些什么呢？

　　林老师取出一本书，从里面拿出一张纸，已经很旧了，可他依然保存得很好。"这是我上高中时，我的老师抄给我的一首诗。我现在把它送给你，回去好好看看吧。"

　　叶思走进教室时，有意看了一眼潘紫，发觉她正用一种审视的目光在盯着他，他赶紧收回目光，匆匆回到座位上。

　　他把林老师给他的那张纸摊开，上面是一首诗：

> 友谊和爱情这两条小路
> 本来就挨得很近很近
> 而且时常出现交叉路口
> 稍一疏忽
> 就越过界了
> 只要及时缩回双脚
> 我们仍可以并肩疾走
> 既没有过格的亲密
> 又没有隐秘的许诺
> 也许调整过的脚步

更知道永不偏离方向

请相信

清醒的友谊

从来就比迷幻的爱情

活得更长久

难道林老师当年也如我今日一般吗？读完诗，叶思抬起头来，向窗外青黑色的苍穹长长地叹了口气……

六

坐了一个多小时的汽车，又走了半小时山路，绿云环绕的村落就在眼前了。

叶思推开门，走进那熟悉而陌生的石灰斑驳的院子。院子里空空荡荡的，安静极了，他的耳畔却回荡着童年的欢声笑语。

叶思总盼着自己快快长大，现在才感觉到，那简直是一种罪过——在自己长大的同时，父母却明显衰老了。因为孤独、寂寞，加上日夜操劳，他们的额头被无情的岁月犁下了深深的沟壑。

父母都是老实巴交的农民，尽管他们从早到晚面朝黄土背朝天，却仍然富不起来。但是，他们常说就是借钱讨米卖房子，我们也会送你上大学。每次想到这些，叶思的鼻子就会发酸，不争气的眼泪总在眼眶里打转。

"梦酬，你回来了。"母亲看见他，黯然的眼神顿时有了些光彩，脸上的皱纹也舒展了许多。

"梦酬"是叶思的小名，每每听到这个名字，他就最明晰地感受到父母对他的爱和希冀。也往往是这个时候，他才最深刻地觉察到自己肩负着一个历史的重任，一个几代人都期盼着的重任。

奶奶怀着爸爸的时候，梦见家里出了个状元。奶奶醒来后，很欣喜地讲给家里人听，说怀的孩子日后必定是贵人。后来爸爸出生后，三岁才学会走路，四岁学会说话。村里人竟幸灾乐祸，极尽讽刺挖苦。爷爷身体本来就不

太好，一次生气，一口痰涌上来堵住了气管，竟一命呜呼。奶奶在满腔悲愤中度过了二十多个年头。后来爸爸和妈妈结了婚，奶奶终于盼到了他这个孙子。奶奶见他方面大耳，目光炯炯，出生时哭声响如洪钟，惊动了全村老少，料定他就是她梦中的状元。于是她请来村里的一位老先生给取个吉利的名字。老先生翻遍了词典，最后才定名为"梦酬"。他解释说，"酬"乃"实现"之义，"梦酬"的意思就是希望这个小男孩能把奶奶的梦变成现实。

上小学的时候，老师觉得"梦酬"这两个字难写而且费解，就又给他取了个学名叫"叶思"，希望他能常常想一想奶奶的心愿，想一想父母对他的期望。但他知道，"梦酬"不仅仅是他的小名，而且永永远远都是他真正的名字。

没想到奶奶两个月后就去世了，她的眼睛死也没有闭上，临终前还不停地念叨着："状元出在我家里……"

也许是上天对奶奶的同情和怜悯，叶思从小就显示出了与众不同的聪慧，从小学到高中，他的成绩一直都名列前茅。而且，他特别钟情于文学，从小就涉猎了许多中外名著，还在一些刊物上发表了许多作品。家庭的境遇，赋予了他一颗多愁善感的心灵，因而他显得有些深沉、早熟，同时也具有父母一样的纯朴善良。

第二天吃完午饭，叶思就起身上学去了。走了很远，回过头时，还看见父母站在高高的大堤上，目送他，犹如两尊雕像。风撩起他们的乱发，吹拂着他们单薄的身子。泪珠在叶思的眼眶里打转，他赶紧回过头，只觉得四周的景物都变得模糊了。

"你来自农村，父母对你寄予了很大的希望啊！"不知怎的，他忽然想起了林老师的话。倏尔，又仿佛听见奶奶的指责，指责他对她的话若罔闻、无动于衷，指责他结交女孩子不务正业，指责他辜负了她的希望！

一种深深的负罪感浮上了他的心头，并且弥漫开来。是啊，他正肩负着一个不可推卸的责任，如果因为滥用感情荒废了学业，他对得起谁呢？他该怎样处理和潘紫的关系呢？

汽车在飞驰，他的心也在飞驰……

七

五月下旬，校学生会决定举行高二女子羽毛球赛，校园里一片沸腾。一只只羽毛球在拍子间跳来跳去，围观者的目光也跟着飞来飞去，丝毫不觉得累。

本来是该女生训练的，可男生拿到开场就不肯放手，女生们只得在一旁耐心等着。在打球的男生中，夏晖是非常显眼的：高高的个子，蓬勃而富有气质的头发，尤其是他的球技不同凡响，全校闻名。

这天中午，叶思和夏晖交上了手。他们的水平差距不大，为一两个球两人进行了好几分钟的"拉锯战"。

围观者的掌声一阵接着一阵，女生们的喝彩声格外响亮。而在这之中，潘紫的声音又特别的清脆。

叶思以为自己技不如人，大家都在为夏晖捧场，因此十分难堪。更令他气恼的是，潘紫竟然那么高声地为夏晖喝彩。"她一定是见我好长时间没理她，就借这机会来故意气我。"他这么想着，球越打越差，到后来，简直气喘吁吁、大汗淋漓了。他将飞来的球狠狠抽了一下，然后放下球拍走出场子。

夏晖在后面惋惜地叫道："叶思，怎么不打了？没想到你这么厉害，我差点招架不住了。"

叶思并不回答，他径自走到一棵大树下，在一块大石头上坐下来，随手拔起地上的一棵小草。

潘紫走了过来。叶思看见了，冷冷地偏过头去，仿佛她根本不存在一样。

潘紫的心头真不知是什么滋味，有不解，有委屈，还有悲哀。一时间只觉得鼻尖酸涩，喉咙哽咽。叶思怎么了？这半个月来，他从没有主动和她说过一句话，偶尔说几句，语气也是冷冷的。他生病了吗？可他和别的同学聊起天来却是神采飞扬、眉开眼笑呀。她想起半个月前的那天晚上，他从林老师办公室回来后不自然的神情。想必是老师对他们的交往不满，把他叫去训斥了一顿。她想问个究竟。

她走近他，柔声说道："叶思，你好像很生气，告诉我为什么，好吗？"

"为什么？！我知道自己技不如人，又没人捧场，当然会生气！"叶思气冲冲地说。

潘紫有些勉强地笑了笑。"你怎么这样说呢？大家都知道夏晖很厉害，而你和他打得难解难分，我们都是在为你加油啊！"她仍是那么柔声说道，声音里含着委屈，两只眸子真诚而坦然。

她说过，她不会骗他的！而事实上，她也从没对他说过一次谎！

一种愧疚的情绪顿时涌上他的心头。啊，潘紫，她一直都是那么关心他，即使是在他冷落她的时候！而他，不仅不予理睬，还误解了她。

于是他歉疚地说："潘紫，对不起，是我误会你了。以前都是我不好，你能原谅我吗？"

他看到潘紫点了点头，眨眨眼睛笑着说："下午的比赛，我会为你呐喊助威的，祝你旗开得胜！"

这一瞬间，他们之间的一切误解和不快，都烟消云散、涣然冰释了。

叶思突然觉得自己以前好傻好傻。这么好的一个女孩，为什么不理她呢？为什么要强迫自己同她断绝交往呢？是因为要实现奶奶的愿望吗？可实现奶奶的愿望与我们交往有什么相悖呢？是害怕别人说三道四吗？可并没有人说三道四呀！

第二天中午，叶思收到了一封信和一张汇款单。原来他的小说《少年的心》发表了！他立即想把这个好消息告诉潘紫，环顾教室，这才发觉她已经回家吃饭去了。

课外活动时间，三班和四班正在比赛，许多同学都去观看了，教室里只有稀稀疏疏几个人。

潘紫走过来，坐在叶思前面的座位上。

"祝贺你。"她真诚地微笑着。

"谢谢你对我的鼓励，"叶思也笑了，"要不是你，这篇小说还躺在我的抽屉里睡大觉呢！"

"那么，你有没有想过谢我呢？"潘紫偏着头，调皮地朝他噘了一下嘴。

"当然有！请你吃蛋糕。"话刚出口，叶思就后悔了。中午，小哲、夏晖要他请客，三人都把蛋糕吃了个够，现在一提起就觉得肚子难受。他想起中午上街时还买了本书，忙改口说："嗯，不如这样，我送你一本诗集，今天买的。"

潘紫抿着嘴甜甜地一笑。"我和你开玩笑的，我可没你们男生嘴馋。至于书嘛，以后借我看看就行了，好吗？"

"只要你不怪我小气就行了。"

他们又相视一笑。

八

这个星期天上午，叶思和小哲到街上去闲逛，回来时他们来到东湖商场。刚走近服装台，小哲就叫了起来："看，你那位……"

原来几米远处，有一个穿着紫色连衣裙的女孩，正是潘紫。她身旁还站着一个穿着入时的中年妇女。

"紫儿，你说呀，要哪种颜色哪种样式？"

"妈，您让我多想一下嘛。"

"我们下楼去吧。"叶思说着去拉小哲。

"叶思，这么急干吗？！"

小哲的声调忽然升高了几级，几个人都莫名其妙地看着他们。潘紫和她妈妈王琳也转过头来。

叶思生气地瞪了小哲一眼，用力拉他下了楼，来到商场旁边的东湖。

叶思气鼓鼓地问："小哲，你那么大声干什么？"

"哎呀，真是好心不得好报，我不就是想让她妈妈注意你吗？"

小哲的话音刚落，他们突然听到潘紫的声音。"妈，他是我们班里的一个同学，你问这干什么？"

奇怪，她们怎么也来了？叶思疑惑地抬起头，竟看到王琳正紧盯着他。这一瞬间，他也怔住了。多么熟悉的面容！第六感觉告诉他，他和她是见过面的。对了，好像在一个下雪天！是的，就是在去年冬天！

他的脑子在飞快地旋转着，他的思绪在飞快地流动。

想起来了，都想起来了！其实，他早该想起来的。叶思就是这么个人，对帮他的人，他永远不会忘记；可是对他帮助过的，却从不放在心上。

事情是这样的：

去年冬天，王琳到武汉去看望潘紫的爸爸。回来途中，天气骤然变冷，刮起了大风，还下起了雪。王琳的身体本来就很虚弱，又恰好坐在破了玻璃的车窗边，风和雪不停往车内钻，她很快就患了感冒。她觉得鼻塞眼花，浑身乏力，心里有一种说不出的难受。她只好裹紧衣服，把头深深地埋下去，搁在双膝上。

不知过了多久，车到了本市郊区。又过了一会儿，叶思上了车，他是回家过了周末，现在正要返回学校去。叶思是一个热心善良的小伙子，他见王琳在风雪中不停地颤抖，就脱下自己身上的大衣，轻轻地披在她身上。王琳艰难地睁开眼，费力地说了声"谢谢"，然后用大衣紧紧裹住了全身。

车到站了，叶思搀着王琳下了车。王琳从旅行包里取出一把伞，叶思用力撑开，为她遮挡风雪。这是一把自动伞，伞上布满紫色的小花，小花又拼成几朵大花，伞的骨架和伞柄都泛着银白色的光泽，精致而美观。

"这伞好漂亮！"叶思这么想着，不知怎么就脱口说了出来。

"是吗？这是我在武汉特意为女儿买的。"她的声音不太清楚，但脸上的笑意却很明显。

叶思按着王琳的话，把她送到附近一家医院她的一位朋友那里。他没等王琳道声谢，就披上他的大衣匆匆离开了……

王琳也认出他来了。自从去年冬天他离开之后，她就一直希望他能再次出现。她后悔没问他的姓名和学校，不然，她一定会写封表扬信去他们学校，或者她会当面酬谢他的。可是他一直没再出现，她也就不再去想这件事了。没想到今天在这儿碰见了他，更没想到他和自己女儿竟然同班，真是无巧不成书啊！

于是，她问身边的女儿："紫儿，这个男孩叫什么名字？"

潘紫被他们的神情弄懵了，看看妈妈，又看看叶思，一时不知道该怎样回答。

叶思微微一笑："伯母，我叫叶思，您是潘紫的母亲吧？"

"你们以前认识？"潘紫惊讶地问。

小哲更是瞪圆了双眼，摸不着头脑。

"是的。"王琳走近叶思，感激地说："叶思，谢谢你帮了我，不然我就倒在雪地里爬不起来了。"

"妈妈，难道那次送你上医院的就是叶思？！"潘紫既疑惑又欣喜地看着叶思。

"是呀，我回家后对你说过的。"于是，王琳把那天的事简单叙述了一遍。

"哦，原来是这样。"小哲这才从"恍然"中钻出个"大悟"来，他顿了顿，又说："其实，您还不知道呢，叶思可真是个难得的青年呀。成绩棒不说，他品德可好啦，老师和同学都直夸他哩……"

看小哲讲得眉飞色舞，煞有介事，王琳和潘紫都笑了。

潘紫走近叶思，柔声说道："我代我妈再次谢谢你。"

"这样吧，叶思，你现在到我家去吃顿饭，就算是我谢你，好吗？"王琳很喜爱地理了理叶思的头发，恳切地说。

"不了，伯母，我们还有点事，得先走了。谢谢您的好意。"叶思不好意思地说，拉了拉小哲的衣袖。

王琳也不勉强："那好，叶思，以后有空就去我家玩呀。"

潘紫不安地摆弄着衣角，小哲则在一旁挤眉弄眼。叶思和潘紫的目光汇在一起，两人都涨红了脸。

九

转眼又是半个月。自从那次在东湖碰到王琳，叶思和潘紫在一起讨论问题、谈论文学的时间又多了些，他们也似乎亲近了许多。潘紫曾叫叶思到她家去做客，说这也是她妈妈的意思。叶思怕别人说三道四，就婉言谢绝了，潘紫也没再勉强。

星期五的早晨，叶思发现潘紫的眼圈红红的，经常看着一个地方发呆，

有时还轻轻叹息几声。他想：她家出什么事了吗？

第二天下午，叶思打开文具盒，只见里面放着一张小纸条，上面写着："叶思，请今晚七时在东湖边一见。潘紫即日。"

叶思很准时地到了。夜幕低垂，华灯初上的时候，他和潘紫缓缓走在长长的湖堤上。初夏的微风吹拂着他们，送来阵阵沁人心脾的清凉。一只只萤火虫从草丛中飞起，忽明忽暗地在夜空中掠过。蛙声从湖对面无息传来，蛐蛐在近处"嚯嚯"地欢鸣。月亮不很明朗，路上游人不多。

"潘紫，这两天你怎么了？"叶思先开口了，但潘紫没有应声。"怎么不说话？"他又问。

"为什么要打破这份宁静呢？"潘紫缓缓地说，语调如无风的湖面那么平静，"淡蓝的夜雾，朦胧的月光，波光粼粼的湖水，吐着芬芳的丁香树……"

潘紫长长的睫毛下闪着泪花，但叶思没有察觉，他接着她的话茬侃侃而谈："或者是在缀满星星的天空下，广阔的草原，一望无垠。地上的蒙古包在月色下泛着银光，冬不拉的旋律悠扬婉转，催人入梦……"

叶思突然停了下来，他听见潘紫在轻声啜泣。

"你怎么了？潘紫。"他顿时手忙脚乱了，让潘紫在路边的长椅上坐下，却不知该怎么安慰她。

潘紫越发伤感了，眼泪像断了线的珠子，扑簌簌地直落。叶思见她这么伤心，心里也不免有一丝凄婉的感觉。

"潘紫，有什么话你就说吧，或许我能帮你的。"他的声音不禁也有些颤抖……

"我再也听不到这些了……"她把头埋在双手里，泪珠从她的指缝里滚落下来，"下星期二，我，我就要离开这里了。"她呜咽着说。

"去哪儿？"叶思蓦然一惊，不相信地盯着她的眼睛，"潘紫，这是为什么？"

"妈妈调到武汉工作，我也要转学了。"她泪流满面地说。

"什么？！"叶思重重地跌坐在长椅上，"为什么会这样？"他痛苦地问道。他想歇斯底里地大叫一阵，但终于克制住了。

"叶思，你听我解释。"潘紫一时停止抽噎，抹了一把泪，反劝起叶思来："是这样的，我爸爸在武汉工作，我妈一直在申请去那里，但单位就是不肯放她走。一星期前，她听说我们很要好，怕影响学习，就，就再次要求调动，公司只好答应了。这些都是我妈前天才告诉我的。"

叶思静静地靠在长椅上，回想起几个月来同潘紫的交往。他的双眼模糊了，但是他强忍着，他不想在她面前掉泪，因为他是个男子汉。

月亮升上中天的时候，游人相继散去。叶思日送着潘紫走进家门，又拖着沉重的脚步回到了学校。

这一夜，他失眠了。他觉得眼皮沉重而酸痛，但他的神智太清醒了，他无法入睡，头脑里一直交错闪现着潘紫那秀美的脸庞、王琳那一脸真诚的面容，还有林老师送给他的那首诗。

╈

消息不胫而走。星期一早晨，班上的同学都知道了。潘紫在同学中人缘很好，因为她要离去，女同学们的眼圈都红了，几个感情脆弱的还掉了泪，男同学也变得安静了，大家心里都像压了块石头，沉沉的。一下课，大家就围着她，要她留言留地址，潘紫的桌上堆了一大叠精致的日记本。老师也知道了，理解地笑了笑，让她整节课整节课地写。

中午时，大家匆匆吃完饭，到街上去买明信片，然后牺牲了午休时间，很认真地给潘紫留言。潘紫下午来学校的时候，只背了一个小皮包。同学们一面和她说着话，一面把明信片和一些小礼物塞进她的皮包里。

叶思愣愣地坐在座位上，一言不发。他面色苍白，头发凌乱。昨天一整天，他都躺在床上，不停地辗转反侧、长吁短叹，念着一些莫名其妙的诗句。小哲和夏晖也没敢打搅他，他们知道有时候叶思的脾气确实很怪。

他努力想安静下来，却怎么也做不到。他看见大家都忙着写明信片，才觉得自己也应该送她点什么，不枉相识一场。

他取出林老师送给他的那首诗，夹进诗集里，走到潘紫的座位边，递过

去，轻轻地说："这本书送给你。明天我送你们去车站。"

潘紫的眼圈红红的，泪花在眼眶里打转，她点点头，晶莹的泪珠顺着腮帮滚落了下来。

十一

叶思猛然醒来时，太阳已经高高挂在空中。他匆匆洗了脸，就往潘紫家跑去。奔到那幢银灰色的单元楼时，潘紫和王琳正从里面走出来。她们每人拎着一个大包，一手扯着一根带子。

叶思默默地走过去，接过王琳手中的带子。王琳低低地说了声"谢谢"，表情相当复杂。她在单位对待一些重大问题时，总是毫不犹豫、当机立断，并且处理得井井有条、恰如其分，因此大家都很敬爱这个"女强人"，这也正是单位迟迟不肯放她走的原因。然而，为了女儿和叶思的事，她的内心非常矛盾：一方面，这个年轻人曾帮过她，她对他的印象很不错；另一方面，为了潘紫和他的前程，她又不能允许他们继续交往下去。但不管怎么说，她是喜爱这个热情善良的小伙子的。

潘紫和叶思默默地走着，一声不吭。如今一别，他和她还会有相聚的一天吗？他们的心中都同样的在想着这个问题。

到车站了。已是八时四十五分，去武汉的乘客已开始陆续上车。潘紫打开背包，取出一张照片，轻声说："这是你替我拍的，现在送给你。"

叶思接了过来，他的手在颤抖。他看到照片背面是席慕容的一段诗：

> 其实，我们并不知道
> 真的不知道啊
> 年轻的爱
> 原来只是一场流星雨

王琳心里也很不是滋味，她安慰他们说："有缘千里能相会。如果你们有缘，总有一天会再相遇的；但这是将来的事，现在应该以学业为重，不是吗？"

要开车了，叶思匆匆地说："潘紫，听妈妈的话，专心学习……珍重。"

潘紫靠着窗，拼命地挥动着花手绢，长发在风中飘扬，随着列车飞向天地相吻的地方……

尾 声

叶思和潘紫的故事到此就该告一段落了。一年以来，叶思压抑着自己，全心全意投入紧张的学习，终于取得了辉煌的成绩。

高考以后，他常常想：在相处的那段时间里，他们或许真正是"学习上的"朋友，但要是让他们在一起再待上一年，谁能保证他和她不会犯那个"美丽的错误"呢？林老师是明智的，他不像有些老师那样，企图用"武力"压服，却让年少的心自己去醒悟；王琳是正确的，她没有责怪女儿，而把他们暂时分离开来，让时间和空间的距离使他变得冷静，变得成熟。

叶思想起分别时的痛苦和分别后的思念，巴不得立即插上翅膀飞到潘紫身边。但他又想，他们相处不到半年，而分离已有一年之久，他能肯定她依然是原来的她吗？她会相信他还是一年前的他吗？到了武汉，他们真的能如昔日一样那么和谐、那么愉快地相处吗？那么，他究竟该不该读武大呢？

叶思是我的朋友，他带着这些问题来问我，我也拿不定主意。我想了一会儿说："不如这样吧，我把你的故事讲给大家听，兴许读者们能为你想个法子。"

他高兴地点头说："这办法不错，请转告读者，我等着他们的回音。"

1999年8月18日完稿

（常德文学公众号《走向》，2019年12月）

自　豪

不是树木或花草

却都需阳光和土地

我没有变成他或她

也没有变成你

父母生下我

我就是我

我自豪——为自己

有泪

可以尽情流

只要泪该流

弱者的泪

模糊视线

强者的泪

洗亮双眼

（《中央民族大学周报》，1997年12月2日，署名晓宇）

祖国，我这样热爱您

假若您是泰山的顶峰
我就是您脚下的黄泥
苍翠的松柏是献给您的恋情
美丽的画卷是写给您的诗句

假若您是云中飞腾的巨龙
我就是云下肥沃的土地
燥热时您为我遮阳
干渴时您为我播雨

假若您是宽阔的海洋
我就是您起伏的潮水
奔腾的浪花是唱给您的旋律
潮涨潮落都是为了亲近
祖国啊
我是这样热爱您

（《中央民族大学周报》，1998年10月20日，署名杰子）

都给你，我的爱人

都给你，我的爱人
用我这只手中早已艰涩不堪的秃笔
连着这纸上蕴着墨香浸着眼泪
飘着暖风的文字
我很久未曾翻犁这脚下荒凉的诗行
如你从未触痛深秋寒蝉的最后一声嘶鸣
于是我可以抱住那棵夏天钟爱的枝条
在这个臃肿世间最高处看你
看你从住宿楼走下来
长发飘扬起天空中最亮的阳光
风衣唤起一地黄叶的奔腾
而我不合时宜的欢笑
却是为你白皙脸上一抹淡烟般的浅笑
尽管所有人认为那是将死的呜咽
然后我就卷着老翅从半空掉落
伴着漫天的落叶纷纷
在硬地上碎成片
和着路上的泥沙灰尘
我会吸引你一丝注意的目光吗
或遇见你不小心踏在我身上的纤纤鞋跟

都给你，我的爱人

那一地芦花的轻盈

在那映满了蓝天白云的沼泽里

沙鸥扇动着翅膀切入遍地水草的幽香

穿越我飞向远处那棵棕榈树的激情

于是我踏着沼泽上空的朝气上升

在云天之外等你

都给你，我的爱人

等你从绿竹猗猗的小居秋日梦境中

娉婷地走出来

等你从枕间明月石上清泉飘过来

上身碧水绿，下身银雪白

彩云鬟，流水袖，开花裙

手挽轻纱笑盈盈

纤指挑开丝丝柳

惊呆了闲来垂钓碧水边的诗神

你轻移熏透了花草香气的莲足

向流水淙淙的河边走去

刹那间相忘于水中的游鱼屏息

嬉戏于林间的雏鸟敛声

一朵怒放的夏莲悄悄掩闭

一线蓝天里的大雁落在水面中央

从一个隐蔽的月亮走向另一个隐蔽的月亮

你钻石般透明的手臂挽出一溪雪白的飘逸

都给你，我的爱人

江南最好的纱锦

我在小桥流水瘦竹千竿中沉沦了千次的心

于是，我从从容容走出来
走出风雨流年南方昊穹
走出断鸿声外落日枝头

都给你，我的爱人
我的灵魂在一声巨响中碎成满天飞雪
贴紧你搏动的血脉
奔向雪原银装素裹心性高远的长空
为你我登高临远遍拍栏杆
总有驼队从大漠孤烟里
走近渚清沙白芳草连天
鸦雀枝头古道边
为你我在一望无际的高原疾驰

1999年4月23日完稿

（《高举阁文艺》，2020年3月）

大学毕业时经过综合评分，作者获留京指标入籍北京，入职大型国企任宣传干事，后担任《北京市政》《法制晚报》编辑、记者，在《北京市政》《北京青年报》《北京晚报》《首都建设报》《建设市场报》《华夏时报》《劳动午报》《中国环境报》《法制晚报》等报纸上面留下了行行足迹，展现出一个行走四方、不辞辛劳、英姿勃发的身影……

——题记

第二辑

记者足迹

危难时，市政人两进小汤山

编者按： 在北京"非典"疫情肆虐的时候，他们不是战士，却有着战士一样钢铁般的意志和不屈的精神；他们不是医护人员，却要像医护人员一样身穿防护服、头戴防护镜，进行施工。他们不顾个人安危，怀揣无比勇气分别于 4 月下旬、5 月下旬，两进小汤山这个常人所谓的"禁区"，舍身忘我，迎难而上，连续作战，精心施工，胜利完成了工程建设任务，并且创造了 15 天病区无一人感染的骄人战绩，用勇气、汗水和心血谱写了一曲市政人感天动地的小汤山壮歌。历史会记住 2003 年这个特别的春天，也会永远记住这个春天所有的人和事。

受命于危难之时

今年以来，北京市降水较为频繁，防汛形势较为严峻，小汤山医院作为防治"非典"定点医院，安全度汛更是不容有失。为确保医院安全度汛，给病人创造良好的治疗、休养环境，为彻底清除"非典"疫情打下基础，5 月中旬，市委市政府决定兴建小汤山医院雨水工程，并把这个光荣而艰巨的任务交给了市政集团。集团公司经过研究，决定由参加抢建小汤山医院的易成公司组队再进小汤山。

这项工程主要是为了解决病房区内雨水的排除和处理，设计方案为：在病房区绿地内设防溅玻璃钢 L 形挡水板和防溅玻璃钢 U 形排水槽，以玻璃钢 U 形槽和混凝土构件组结合的方式修建雨水支线沟，依靠"重力流"，通过支线沟、干沟、总干沟，将水汇集至病房区东、中、西路 U 形槽预制混凝土排水沟，自北向南将雨水汇集后经病房区南侧路新建直径为 700 毫米的排水管排至院区东南角洼地内。工程量包括挡水板 1470 米、流水槽 920 米、排水管

326 米、支管 300 米、雨水口 7 座、检查井 9 座等。

5 月 19 日，集团公司召开会议，专门就工程准备、建设情况进行研究。这在市政总公司几十年的历史上几乎是绝无仅有的，为了一个工程量仅为 200 多万的"小活儿"，最高领导层专门开会研究。当然，工程量虽小，意义却是相当重大，不由人不重视。会上成立了以集团公司总经理刘贵堂为组长的工程领导小组，明确责任、分工负责。要求易成公司采取强有力措施，确保工程质量和人员安全，并千方百计解决一线施工人员的后顾之忧，使大家能安心工作。

这天下午，易成公司召开领导班子碰头会，传达了集团公司会议精神，明确提出，这是易成公司当前重中之重、急中之急的第一号工程，公司各部室、各项目部要上下一盘棋，全力保障工程顺利进行。决定组建以总经理张嘉峪为总指挥的项目部，并建立一支 30 人的预备队，能随时待命，保证前线一旦出现特殊情况能够随时顶上。

短短两天时间，从各项目部抽调来的 150 名施工人员全部到位，完成了技术交底和隔离防护培训、注射预防针剂工作，并为每个职工上了防非安全保险，紧急进入医院外围搭建生活基地。5 月 17 日，测量中心经理李劲旗接到任务后，二话没说，立即带领测量人员率先进入现场勘察，提出了完善的设计方案建议。

易成公司党委成立了"小汤山医院雨水工程临时党支部"。出征之前，党支部与党委签订了责任书，每名党员签署了保证书，誓言要实现"六个确保"，即：确保施工生产顺利完成，确保参战人员人身安全，确保参战人员思想稳定，确保参战人员保持良好精神状态，确保信息畅通，确保党的组织得到加强。一名党员一面旗，临时支部的 9 名党员组成了一个坚强的堡垒，从此 150 名参战人员有了主心骨。

5 月 25 日，市政集团召开小汤山医院防汛雨水工程暨临时党支部成立誓师大会。集团公司党委书记赵国平亲自为临时支部授旗，并吹响了战斗号角："我们要以敢打硬仗、特别能战斗的市政精神，夺取小汤山定点医院防汛雨水工程的全面胜利，向市政总公司、向全市人民交上一份合格的答卷！"临时党支部、三个突击队、行政后勤保障等部门代表分别发言，表达了通力配合、誓夺全胜的坚强决心。支部书记贺祥龙在动员会上立下铮铮誓言："请领导放心，我们是扛着红旗进去的，绝不会扛着黑旗出来！"短短一番话，激起了参战人员的万丈豪情。

150 名无畏的战士，勇敢地踏上了这条铺满荆棘的征程。

鏖战于病区之中

战斗打响了，可在这样一个特殊时期，进入这样一个特殊地点，进行这样一次特殊的施工，这将会是一场怎样的战斗？！在巨大压力面前，市政集团、易成公司没有丝毫犹豫、迟缓和退缩，迅速开展各项工作。

此时的小汤山医院，已经住满"非典"病人，成了"非典"病毒中心聚集区，名副其实的禁区。施工现场位于病房区内，具有很强的危险性。"非典"病人在病区内遛弯、散步，施工人员常常与他们擦肩而过，几乎可以说是零距离接触。为安全起见，工人们需要身穿三层防护服进行重体力劳动，而且天气炎热，气温高达 30℃ 以上，劳动强度极大，体力消耗极大；而且施工现场地下有氧气、污水等 12 条管线、各种节点 70 多处，纵横交错，为保障病人绝对安全，必须保护好各类管线，只能采取人工作业。

为了解施工条件，开工前，施工人员穿上防护服进行过演习试验。上午 8 点到 10 点之间最多只能坚持一个小时，贴身衣服就已湿透，可以拧出水来。而 10 点以后施工，不到 20 分钟，手套里就能倒出水来。炎热酷暑随时随地都在挑战着人的生理极限。

5 月 25 日，施工人员入住限制区，5 月 26 日凌晨正式进入病房区施工现场进行作业。

根据现场实际情况和设计、施工方案的要求，施工人员在合理分配工力的基础上，按照先深后浅、从下游开始往上游进行施工与分区域依次作业相结合的原则，分区分片专人、专业作业班组负责。他们首先确认了通往院外洼地的预埋管端头位置及高度，同时为了尽量减少工作面和对医院的影响，按照管沟位置将现场分为南区、西区、中东、东区四个区域，集中兵力各个

歼灭。

　　施工中需要在医院南侧绿地范围内新建直径为700毫米的雨水干管，这是将病房区汇集后的雨水排出院区的主动脉，意义非同寻常。但由于南侧雨水干线埋深相对较深，南侧原设计为沥青混凝土道路，后改为绿地，上部大部分为级配沙砾或二灰沙砾，十分坚硬，人工开挖相当困难，是控制整个工程总进度的关键部位和重点。

　　针对这种特殊情况，现场总指挥刘玉明组织技术人员分析图纸及地下专业管线分布情况，经过领导批准并与医院方面协商一致，决定在挖深坑确定无任何地下障碍、且沟槽断面大的南段东西方向，主干线使用机械开槽。开槽时施工人员在刘玉明带领下，始终盯在挖掘现场。经过一夜努力，终于啃下了这块最硬的骨头，一举扭转了被动局面，为安装PVC管和砌筑检查井铺平了道路。

　　进入5月下旬之后，北京市气温大幅升高，白天基本都在30℃以上。再加上三层防护服、两层口罩的全副武装，白天作业实在强度极大，几乎难以坚持。5月29日，现场指挥部经过与医院方面进行协调，决定调整作息时间，白天不施工，全部作业均利用相对凉爽的晚间进行，从晚8时一直干到第二天早上7时。在完成当天任务后，可在工人身体状况允许的条件下适当增加工作量。这样调整之后，人员的适应力基本上没有什么大问题，没有发生一例因身体不适中途退场，而且工作效率比白天可以提高2～3倍。

　　也许是老天爷体谅施工人员的辛苦，盼望着他们早日完成任务，从正式进场开始，北京天气一直晴好，5月28日下午席卷京城的大雨对施工现场几乎毫无影响。经过十多天彻夜奋战，到6月6日，工程进入最关键的中路西侧砖砌沟和西路混凝土U形沟槽阶段。晚8时，三支突击队一齐上阵，到12时就全部完成任务。

　　6月7日，天气格外闷热，刚穿上防护服就已经浑身湿透了，但因为天气预报8～9日有一场大雨，指挥部决定组织突击中路清理、冲洗路面和西侧四条过街管。晚上8时，现场指挥刘玉明带领大家进入现场，开始了收尾前的决战。天气越发热了起来，大家普遍感到喘不过气来。指挥人员果断决定，凡是感到不适应的立即撤出现场，天气凉快后再进来，几个关键部位的施工人员由他们顶上。到晚上 11 时天气逐渐转凉，经过大家努力，按照预期计划顺利完成任务，整个工程主体结构全部结束，实现了雨水管道联网贯通。

自打接到施工任务，易成公司确定章慎鑫负责现场施工指挥。从前期筹备一直到正式开工，他就没有离开过现场，没有睡过一个安稳觉，没有吃过一顿正经饭，用他自己的话说："领导把咱安排在这儿，咱就是钉子钉在这儿啦，不完成好任务对得起谁！"他本来就一直心脏不好，终于因为劳动强度太大而累得虚脱，体检后，医生坚决不允许他再上一线。一线去不了，他就要求在场外做协助工作，表示决不离开工地。

易成公司紧急决定由刘玉明同志接替担任现场指挥。5 月 27 日上午接到任务，他迅速办好交接，回家拿了点衣物，下午就风风火火地赶到了工地。他身患气管炎，经常咳嗽、气短，但总是默默地吃完药，穿上隔离防护服，亲自带领大家进入现场，安排工作、查看进度、解决难题。几天下来，人晒黑了，嗓子哑了，人送雅号"工地上的黑司令"。在他的感召下，所有参战人员没有一个人叫苦叫累，没有一个人退缩推诿，大家都在为了一个共同的目标默默奉献着。他还利用工作间隙撰写战地日记，详细记录一线战况。这本日记现在已经成为易成公司的一份宝贵精神财富。

李建国是现场的副总指挥，从开工就一直盯在工地，从没看出与其他人有没有两样。直到易成公司领导到他家走访慰问，才了解到这位沉默寡言的汉子承受着怎样的痛苦。他父亲在春节期间突发脑溢血去世，母亲最近刚刚做完食道癌手术，生活还不能自理，正是需要人照顾的时候。爱人在公交公司做调度工作，两天一倒班，上班时早上 4 点多走，晚上 11 点才能到家。他耐心地给母亲讲"舍小家为大家"的道理，赢得了母亲和家人的理解，并找来妹妹照顾母亲，毅然决然地踏上了小汤山一线。

5 月 29 日，战斗刚刚打响第四天，一个不幸的消息传到了材料供应部司机孙勤录耳边，老岳父于凌晨 2 点 13 分去世。老人生前最喜欢的人是他，最关心的人是他，而自己直到老人临走都没看上一眼，大孙心如刀绞。同志们知道后都劝他："回家再看老爷子一眼吧。"但是此时孙勤录眼里含泪说：

"我是共产党员，在这种时候，我不能走。"

材料供应是工程施工的重要保障。在经理刘义保带领下，易成公司物资供应中心的参战人员，每天将大量材料源源不断地送进病区施工部位。由于小汤山医院的特殊性，供货单位一听就摇头，即使出高价钱也不愿去。刘义保苦口婆心地跟供货方讲好话，供货单位被他感动，打消了顾虑，将货按时运到医院外大门附近。为解决材料进场问题，他积极组建搬运队，按现场施工要求，经过3～4次反复倒运，将材料准时送到作业地点。

承担重体力劳动的主要是外施人员。在身着三层防护服的情况下，每次的挖土、卸运、安装重达170多公斤的混凝土U形槽，体力消耗相当惊人。他们中间的许多人，每天三次进入病区，有的多达四次，进入一干最少4个小时。有的突击队长身上长了湿疹，睡觉不敢平躺。有的同志的手脚长时间套在胶皮手套和雨鞋里，被汗水泡后，手上白花花的，脚沤得像白萝卜似的。但是他们从来没有任何抱怨，犹如进入战场的战士，心中只有一个念头：前进！

进入现场之前，刘玉明奉命从自己所在的项目部组织突击队。他曾担心会有困难，不料不到一天时间所有队员名单就交到了他面前。他对一些队员说："你们这次去小汤山，待遇很丰厚，这些钱可能够你们挣半年的。"队员们却说："刘经理，说心里话，我们不在乎这点钱，进入医院施工，有多危险我们心里非常清楚，钱毕竟是有数的，是买不来生命的。我们之所以选择去，是感到我们在易成公司工作，就是易成公司的人，公司有困难找到我们，我们没有推诿的理由。我们能够来北京打工、挣钱，得益于易成公司，不能因为现在北京发生"非典"，就不辞而别，现在有了可靠的防护和公司做我们的后盾，我们还有什么不能去的呢？"正是有了这些可亲可爱的民工兄弟，小汤山工程得以快速推进。

由于施工工地位于"非典"病区之内，几乎与病人零距离接触，为确保施工人员绝对安全，现场采取了严格的防护措施。在前期搭建生活基地时，建立了设施齐全的生活区、限制区、洗澡间、洗衣房。

所有人员进入现场后，坚持每天吃口服药，测量体温。进入病房区人员必须穿防护服，戴防护镜、防护手套、口罩、工作帽等防护用具。每次交接班后，施工人员第一件事情就是进行全身消毒和清洗，防护服都是一次性的，每班更换一次。

负责现场防护监督的周胜利，认真做好宿舍内的卫生、消毒和通风，每天对所有人员测量体温，并监督作业人员戴好防护用具。外施人员两小时一换班，但监督的人就只有他一个人，只有盯完整整半天，才能撤出。6月3日，有一位外施人员因为干活过猛，身体出汗太多防护服开裂，索性就把防护服脱掉。周胜利发现后，立即敦促他到施工现场外休息完毕后，才穿上防护服重新进入现场。

为保质保量按期完工，施工中需要使用一定的机械设备。机械租赁方一听说到"小汤山医院"施工，立刻就婉言谢绝了，这时市政六公司伸出了援助之手，派出了3名机械手。

装载机手杨维新，明知进入病区施工的危险性，但无私无畏，5月26日第一个进入了施工现场。刘忠信原是装载机手，这次让他改开挖铲，他二话没说，适应一下就认真地干了起来。李跃28日中午1点多来到工地，了解自己该干的工作后就进了现场，不吃不喝不上厕所，从下午2点一直干到晚上11点，才结束一天的工作。

现场需要安装700件雨水管线水箅子，这是由市政集团中燕公司制作的。5月27日接到任务后，中燕公司迅速对设计、供料、制造环境等环节进行了统一安排，采取"打穿插"的战术，各部门通力配合，于6月1日提前3天高质量地完成了任务。

一线施工时刻牵动着后方人员的心。城建工委、市政集团领导等多次到现场慰问施工人员，虽然只能隔着隔离区门口挡板相互说话，但给大家带来了很大鼓励。易成公司总经理张嘉峪、党委书记刘振启，更是随时与一线指挥人员保持联系，密切掌握工程进展情况，对施工和防护两方面工作提出要求。

腾挪于千人之隙

早在 4 月下旬，市政集团就组织 2000 人的施工队伍一上小汤山，参加了抢建小汤山"非典"定点医院建设。短短八天时间，在严重交叉作业、设计不断变更的情况下，采取一系列超常规做法完成了常规情况需要三四个月才能完成的 1300 万的市政配套工程施工任务，创造了市政建设史上的奇迹。

4 月 22 日晚，市政集团接到参战消息，23 日上午正式领受施工任务：17000 平方米道路、2000 米污水管线、1500 米上水管线、80 米热力管线、106 座上下水井以及一套污水处理系统。而确定的工期相当紧迫，又是城建系统六家兄弟单位万名职工在同一平面交叉作业。

没有时间仔细考量工程的艰巨和紧迫，直接代表市政集团参战的易成公司甚至来不及召开动员会，一声令下，大家开始紧张地忙碌起来。当天下午，近 800 人的施工队伍全部到位，在总经理张嘉峪、党委书记刘振启的带领下率先开进现场投入施工。

为确保工程顺利进行，集团公司设立了现场指挥部。工地没有办公室，没有电话，现场指挥部就设在一辆高价租来的公共汽车里。集团总经理刘贵堂亲自坐镇，日夜不离工地，指导、协调组织施工力量的调配，解决施工和生活中遇到的难题。党委书记赵国平多次到工地慰问，几名副总经理分头把守，负责施工组织工作的计划部三名经理全部上阵，昼夜盯在现场，把自己的座驾当成了"家"。他们主要负责施工中的统一协调调度，和工程总指挥部沟通，和其他建设单位协调，还要统一调度集团各单位的施工力量，解决交叉作业中随时发生的意想不到的问题，几天下来个个都是嗓音嘶哑。

条件所限，施工现场没有水源、电源，更没有住宿条件，困难重重。但大家没有抱怨，没提条件，没打折扣，积极想办法出主意。他们采用发电机提供电源，从就近的项目部运水送饭。渴了，喝口矿泉水或自来水；饿了，吃口盒饭或干粮；困了，靠在墙边眯一会儿，或者躺在草地上打个盹儿；累了，喘口气接着干。在现场，平时快捷的手机联系方式已满足不了需要，为了保持通畅、及时的联络，集团专门购置了二十几部对讲机，现场管理人员每人手中都握着一部。

从 4 月 23 日到 5 月 1 日早验收，八个日日夜夜、将近 200 小时，一线职工付出了巨大的辛劳和汗水，换来了工程验收一次性通过，完全满足了设计使用要求，无一项返修工程，得到各方高度评价。

工程后期，上级对医院建设要求进一步提高，工程设计、施工计划不断调整，工作量迅速增大，市政集团决定紧急抽调一处、二处、三处、市政处和四公司等单位上阵增援，全力以赴确保医院工程的顺利进行。一公司劳务队伍来了，三公司劳务队伍来了，三处的劳务队伍也来了。

5 月 1 日上午，工程量再次增加：为防止路面排水进入病区，需要紧急修建长 1000 米的防水设施。时间紧急，按规定 1 日夜间第一批患者就将进入医院。集团总经理刘贵堂、负责施工的副总经理张闽两人分工，各带领一支队伍，从下午 2 点开始，两端相向施工。砌筑、抹灰，到晚上 10 点，终于赶在病人入院前两个小时胜利完成了这段任务，为病人入住创造了条件。

这是一曲荡气回肠的雄伟壮歌。

这是一群英勇无畏的钢铁战士。

这是一个百折不挠的英雄集体。

历史会记住 2003 年这个特别的春天，也会永远记住这个春天所有的人和事。

（《首都建设报》，2003 年 6 月 21 日，第五版）

成如容易却艰辛

——城铁西直门车站建设纪略

编者按：城市铁路工程，对北京来说是个新事物。对我们市政来说，是

个从未涉足的新领域，也是一个大机遇。三处领导班子敏锐地感觉到了，也成功地把握住了，一举打入了这个市场。

"打入"是第一步。用诚信，用良好的业绩"站稳"市场是更重要的一步。三处这两步走得是好的，是成功的。业主对他们满意，把城铁八通线工程中最大的一段又给了他们就是明证（当然，这也是他们通过投标竞争得来的）。

本报辟出一个版面，刊发记者杨唐杰的通讯《成如容易却艰辛》，较为翔实地报道了三处职工在城铁03号标、西直门车站工程中艰苦奋斗、顽强拼搏的历程。希望能对其他单位有所启示和借鉴。也希望三处职工戒骄戒躁，继续努力，把"第三步""第四步"走得更好、更出色。

公元2002年9月28日，城铁西直门站前广场，彩旗招展，锣鼓喧天，国内迄今最长的全封闭地面快速轨道交通线——北京城铁西线工程正式通车了。乳白车身、涂着橘黄色带的列车从宽敞明亮的西直门车站驶出，满载着欢声笑语向回龙观地区飞驰而去。三处人欣慰地笑了。是啊，西直门车站作为北京市第一条城市铁路的起始站，承载了太多领导与普通人的关怀、关心与关注，承载了市政人太多的辛劳、汗水。

初次亮相

9月22日，城铁西线全线验收。众多专家评委，对西线九个车站进行了全方位的检查评审，最后认定：西直门车站验收一次通过，工程质量等级为优良。

西直门，著名的京师九门之一，原为城西玉泉山泉水运入皇宫专用城门，历来就是京城西北的交通要道。今天，这一地区更汇集了公交、地铁、国铁等多种交通方式。

20世纪90年代末，为缓解北京越来越沉重的交通压力，改善人民群众的交通出行结构，市委市政府决定大力发展城市轨道交通，并启动西直门至东直门的城市铁路工程。刚刚成立不久，正在力寻发展方向的三处领导班子眼前一亮。经过仔细分析，他们决定以城铁为突破点，全力打入这一领域，以此推动企业发展。决策既定，立即实施。在总公司的大力支持下，他们组成了强有力的投标队伍，精心制作标书，积极搞好公关。经过艰苦努力，在强手如林的各路大军激烈的竞争中，一举中得 03 号标段。

在 03 号标段施工过程中，三处坚持精心组织，科学管理，狠抓工程质量，得到了业主和监理单位的一致好评，也积累了城市快速轨道施工的初步经验。以此为基础，他们更加信心百倍，挥戈杀入西直门车站工程竞标行列，并以技术和经济标总分第一名的好成绩成功中标。

这是一个一岛两侧三线式高架车站，地上三层地下三层。车站总长度为 188.80 米，总宽度为 32.85 米，高度为 17.21 米。地下三层及地上三层总建筑面积为 36192.735 平方米。结构形式为全钢筋混凝土框架结构，地上第三层为站台层，其上设置站台板、站务用房和轻钢风雨防护棚结构。

西直门车站在设计方面有许多独到之处。第一，车站结构形式尤其是站棚，采用全钢"树枝状"结构，风格与整个交通枢纽一致。顶棚在站台上方采用双层彩色钢板，轨道上方采用采光玻璃天窗外观。第二，屋面是平屋面，轨道上方的排水由于三面环境条件的限制，只能在北面排水，采用了先进的倒虹吸技术，实现了屋面的排水。第三，由于周围环境条件要求比较高，在国内轨道交通中首次采用了钢弹簧浮置防震系统。

西直门车站在城铁西线车站中开工最晚、工期最紧、规模最大、装修最复杂，又位于市中心，为世人所瞩目。也正因如此，若能干净、漂亮地拿下这个工程，将会极大地增强市政队伍在城铁施工领域的信誉，为企业发展开辟更为广阔的前景。这是严峻的挑战，也是极好的机遇。

艰苦鏖战

机遇面前，困难面前，搏者胜。中标后，三处人并没有因此而放松，他们感到的是沉甸甸的责任，深知这个责任是不敢也不能辜负的。处领导反复告诫大家要做好"打硬仗、打恶仗"的准备，并响亮地提出了"干一项工程，创一个品牌，占一片市场，交一方朋友"的口号。

"干好一项工程，最重要的是要组建强有力的项目施工队伍。"这是三处每一位决策者的共识。西直门车站属于北京城市铁路的一部分，实际也是一项建筑工程。鉴于此，2001年4月，三处以擅长建筑施工的技术人员为班底组建西直门项目部，曾多次参加地铁建设的项目经理王立新担任项目经理，并选派拥有百万平方米建筑施工经验的工程处经理助理马志辉驻点挂帅，重点负责对外协调。

项目部人员经过深入现场实际调查后，发现现场还不具备全面开工条件。但工期紧迫啊，他们不等不靠，制定了"抢打北侧护坡桩，力促东侧拆迁"的方针，从能干的现场北部开始挖槽。当时现场到处都是碎石瓦砾，他们从附近单位接来了水、电，攒来钢筋，在最短的时间内打下了第一棵桩，并在5月17日现场东侧铁路拆迁完毕时，完成了北侧护坡桩，实现与东侧的对接。

7月、8月是北京的雨季，为最大限度减少雨季对施工的影响，6月初，项目部领导班子认真分析当时的进展情况后，提出将7月、8月的工作量往前提，6月28日前完成二、三、四段的冠梁施工。项目部配备了足够的空压机、风镐，挑选年轻力壮的人员组成突击队。项目经理王立新带领技术人员整天盯在现场，突击队员三班轮流不间断作业，施工现场日夜灯火通明，空压机声、风镐声在空旷的工地呼呼作响。经过7天7夜奋战，到6月28日共抢凿桩头106个，在雨季到来之前顺利完成了冠梁施工，为后期土方工程的正常施工创造了条件。

为保证7月15日前做完基础底板，进行主体结构钢筋绑扎，必须迅速完成第一段桩头清土工作。由于槽底闷热、潮湿，又无法进行机械施工，项目部组织人昼夜施工，硬是靠人和小推车，从7月1日至7日，仅用7天时间完成了1800立方米的清土任务，为下一阶段的防水、铺设褥垫层施工提供了有利条件。

施工进度固然重要，工程质量更是百年大计。项目经理王立新常挂在嘴边的一句话就是："今天的质量就是明天的市场。"为保证工程质量，项目部按照 ISO 9000 标准建立了完备的管理和监督体系，从组织结构、职责范围、质量全过程、工作程序和资源（人、财、物）五大方面进一步完善质量管理，明确每名成员质量责任，以此对施工过程各个环节进行严格的质量控制。

专业质控人员每天都要拿着工具，至少到各个工序操作现场巡视两遍，自检自查，严格把关。当进行到地上二层的框架施工时，他们发现有根柱子稍微有些倾斜。这实际算不上一个质量问题，完全可以通过后期的装修加以解决。但项目部认为，绝不能因为一根柱子影响了企业形象，经理王立新当机立断：砸掉，重来。再次做出的柱子不仅完全符合质量要求，而且光滑、美观，一贯挑剔的监理也不禁跷起了大拇指。

项目部对任何瑕疵决不放过的负责精神，给外施单位起到了很好的示范作用，他们也自觉地按照高标准严格要求自己。后期装修时，三层顶棚玻璃按照原来的施工计划，已经部分安装完毕。但后来增加的焊避雷线工序，在玻璃上留下了一些焊花。虽然这从三层站台上根本无法发现，但负责具体施工的深圳装饰公司，还是决定将留有焊花的18块玻璃全部换下，并自行承担有关费用。

城铁工程作为全新的建设项目，新工艺应用较多。由于西直门车站过往车辆多、振动大，设计要求基础的沉降不能大于2厘米。为保证质量，项目部技术人员多次组织讨论，进行静压试验，拿到了第一手资料，确保了桩的质量。

当技术人员在施工间隙进一步讨论、研发施工方案时，遇到了一只名叫"可拆卸式锚杆"的"拦路虎"。这种锚杆是从环保角度考虑，避免遗留建筑垃圾而设计成为可拆卸式的，这在以前可是从未遇到过的，而且现在根本就没有制作这种锚杆的厂家。工期迫在眉睫，不能再等了，怎么办？项目经理王立新果断决定：自己动手。他与厂家联系，请厂方代表到施工现场进行考察，和项目部的技术人员一起，结合施工设计共同讨论、研究确定这种锚杆的制作方案。经过反复测试、验证，终于赶在正式使用之前解决了这一技术上的难题。

协调奋进

就工程整个施工过程而言，最复杂、最烦琐、对人考验最大的是后期装修阶段。

2002年3月，车站开始全面转入了内部装修。进入这一阶段后，项目部遇到的首要问题，就是部分设计图纸与现场条件存在较大差距。怎么办？坐等设计图纸吗？那样肯定无法按期完工。于是，他们主动出击，与业主、设计方联系，积极提出变更设计，共同研究设计、施工方案。变动最大的水、电部分，设计方案曾反复修改，调整了七八次之多。在一层通道装修中，项目部根据现场情况，提出使用彩砂的方案，速度快、效果好，得到了业主和设计方的高度赞扬。

2002年6月，按照市委市政府的要求，城铁车站要提高装修档次，每平方米费用由500元提高到1200元，装修工作量大幅增加（据初步统计，增加量约为3000万元），而完工时间绝不可能后延——城铁西线"9·28"通车已向社会公开承诺。

形势实在是严峻啊！但这是一支能打硬仗、善打硬仗的联合体，驻点挂帅的马志辉经理没有动摇，项目经理王立新没有动摇，项目班子没有动摇。他们重新调整了施工计划，将周计划细化到日计划、小时计划。同时进一步加大管理力量的投入，对每项任务进行周密安排，选派技术骨干具体负责，"分关把守"。

项目部上下进入了"高度备战"状态，加班加点、连续几天不回家成了家常便饭。袁宝华是项目部的材料负责人，年初就发现身体不好，医生要他住院治疗。但工程紧啊，实在抽不开身，他几次差点昏倒在工作岗位上，直到9月28日通车后才住了院。

西直门车站是一个单项建筑工程，场地比较狭小，有多支队伍同时施工，而且车站地上和地下部分分属于不同的业主单位，对外协调显得极为重要。尤其在装修后期，既有劳务分包的装修队伍，又有供电、信号、通信、电梯、消防、空调等专业施工队伍，交叉作业，最多时曾达到500余人，相互干扰不可避免，"几乎每天都有冲突"。工程处经理马志辉主要负责对外协调工作。西直门工程开工后，除了参加必要的会议外，他从没有回过机关，总是在业主、监理、各相关标段、地方政府和各个施工队伍间穿梭、协调。哪里出现了矛盾、冲突，他就冲向哪里，成了名副其实的"救火队员"。8月份之后，工程进入最后冲刺阶段，整整一个半月，业主城铁公司每天都要召开现场协调会，之后项目部再开生产调度会。"那段时间，真是开会都开累了，"正像他自己所说，"不过虽然累，毕竟和各方面建立了比较好的关系，上上下下打点得不错，保证了工程的顺利进行，也算是累得有所值了。"

由于城市铁路和西直门车站的重要性，西直门工程自始至终得到了各级领导和相关部门的高度重视。各级领导和全市人民的关注，让三处人备受鼓舞，也更感到肩上责任重大。他们，用自己辛劳的汗水，过硬的实力，诚信的精神，回报给大家一座现代化而又充满人文色彩的城铁车站。

（《北京市政》，2002年10月25日，第四版）

热血筑就新长城

——小汤山医院二部市政工程抢建纪实

短短七天时间，在严重交叉作业、设计不断变更的情况下，抢出了将近4000米管线、三个化粪池和一万多平方米道路。市政集团一千多名建设者，在小汤山"非典"定点医院施工现场披星戴月，昼夜鏖战，用超常规的施工进度，筑起了抗击"非典"新的长城。

"考验我们的时刻到了"

4月22日晚，市政集团接到参战命令，23日上午正式领受市政配套施工任务：17000平方米道路、2000米污水管线、1500米上水管线、80米热力管线、106座上下水井以及一套污水处理系统。确定的工期相当紧迫，又是城建

系统六家兄弟单位几千人马同时作战，场地交叉、工序交叉，大家表示："真正考验我们的时刻到了，我们一定要争取胜利！"

没有时间仔细考虑工程的艰巨和紧迫，直接代表集团参战的易成公司甚至来不及召开动员会，一声令下，大家开始紧张地忙碌起来，仅仅几个小时，十几名管理人员、300人劳务队、几十台机械设备全部到位，当时不在公司的听到消息后，也直接奔赴施工现场。当天下午，近800人的施工队伍全部到位，在总经理张嘉峪、党委书记刘振启的带领下率先开进现场投入施工，正式打响了这场没有硝烟的战役。在一辆高价租来的公共汽车里，总公司设立了现场指挥部，集团总经理刘贵堂亲自坐镇，日夜不离工地，指导、协助组织施工力量的调配，解决施工和生活中遇到的难题。

易成公司总经理张嘉峪年近60岁，还有一年就要退休，但年龄没有阻止他冲锋陷阵。从工程动工到最后验收通过，他没有睡过一个安稳觉，没有吃好一顿饭，一直在现场指挥。几天下来，嘴出血了，喉咙哑了，脸庞黑了，身体瘦了，但工作没有耽误，精神没有懈怠。

易成公司副总经理朱雪良在开工前不久刚做完腿部手术，平时走路都还一瘸一拐的，但小汤山工程一开工，他就忘记了一切，一心扑在工地。验收的前一天晚上，负责生活上水和消防上水工程的易成公司第六项目部经理刘玉明对工地进行了最后一次检查，又发现所有的渗水井中均有或多或少的沥青残渣，可能造成水流堵塞。他立即拉来人马投入了战斗，虽然已连续工作了七个日夜，身体已极其疲惫，但强烈的责任感不允许他停下来。当所有的井都清理完毕后，天色已蒙蒙亮了，不知不觉又战斗了整整一个晚上。

"一方需要，八方支援"

工程后期，上级对医院建设要求进一步提高，工程设计、施工计划不断调整，工作量迅速增大，集团紧急抽调一处、二处、三处、市政处和四公司等单位上阵增援，全力以赴确保医院工程的顺利进行。一公司劳务队伍来了，三公司劳务队伍来了，三处的劳务队伍也来了。一处、二处、市政处、四公司等单位更是由党政领导亲自率队进场，亲自上阵指挥。

4月27日，一处接到了修建80米长的道路、两个洗车池、一条上水管线、一条污水管线和147平方米房屋的任务。书记王文顺、经理李军立即组织万寿路等项目部的精兵强将，迅速赶赴施工现场。一班工人累倒了，第二梯队顶上去。经过4个日夜连续奋战，到4月30日夜11点，终于胜利完成任务，并通过了检测验收。

市政处在自身施工和维护任务比较繁重的情况下，从4月27日晚6点起开始新建医院西侧道路及下水道。他们紧急出动600余人，展开了一场与疫情抢时间的顽强战斗。由于现场多家单位交叉作业，工地狭窄，机器进不去，也耍不开，只能见缝插针，采用人工炒油，硬是凭着蚂蚁啃树的精神，一点点地啃，72小时新修道路两条，铺设下水管线160米、自来水管线150米，还完成了新建消毒池、洗车池、洗车房等工作。

4月30日，二处经过三个昼夜奋战，按计划顺利完成了医院南侧220米土方、施工区域内3344平方米绿地道路工程，决定主动留在施工现场，万一有新任务可以马上执行。果不其然，上级让他们帮助兄弟单位抢修一条长100米、宽7米的道路，大家立即投入新工作中，到5月1日凌晨完成了这条路。四公司在接到小汤山医院建设任务后，领导班子现场办公，临时从各项目部紧急抽调近千人次，仅用36小时就出色地完成了小型污水处理系统及设备安装试运行工作。受到了现场指挥部的好评。集团所属瑞博公司、远通公司、路新公司、高强公司4家工业企业及时为工地提供水泥管、构件和沥青混凝土等建材，保质保量吊运安装。

5月1日上午，工程量再次增加：为防止路面排水进入病区，需要紧急修建长1000米的防水设施。时间紧急啊——按规定1日夜间第一批患者就将进入医院。集团总经理刘贵堂、负责施工的副总经理张闽两人分工，各带领一支队伍，从下午两点开始，两端相向施工。砌筑、抹灰，到晚上10点，终于赶在病人入院前两个小时胜利完成了这段任务。

"一切为了前线"

"前方作战，后方支援"，在这次非同寻常的战役中，有着一支坚强的

后勤队伍在默默奉献着，他们就是市政集团易成公司物业分公司23名职工组成的临时后勤小分队。

工地每天平均800多人，一日四餐，食堂需要24小时不停做饭，对食堂仅有的三名炊事员来说压力非常大，这一切大家都看在眼里，许多人自愿来到食堂帮厨，自觉地形成了一个厨房临时集体。在这个集体里有厨师，有会计，有锅炉工，还有临时工，他们为了一个共同的目标走到了一起。每天四顿饭，需要消耗肉类700斤，各种蔬菜2000斤，而且每6小时就一顿饭，厨师们和帮厨的人员每天工作达20小时。侯爱萍作为食堂班长身负重任，每天的食品采购都经过严格挑选，把好质量关。厨师长张国庆、帮厨孟继国、聂廷灿几乎每天24小时都没有离开过食堂，困了坐在椅子上打个盹儿，醒来接着干。在这个临时集体中没有怨言，没有非议，有的只是互相鼓励。班车司机任洪启担任饭菜的运输工作，从公司食堂到施工现场50多公里，每天四顿饭都要送，每隔6小时就要跑一次，每天工作20多个小时。正是有了稳固的后方保证，前方一线职工才能安下心来，圆满完成任务。

（《建设市场报》，2003年6月13日）

演奏"凝固音乐"的人

——记市政集团三处城轨西直门车站工程项目经理王立新

几次和王立新约好，要和他好好聊聊，却总被他突如其来的事给耽搁了。其实这也难怪，作为城轨西直门车站工程的项目经理，担负着全市第一条城轨线起始站的建设重任，事情多、任务重、责任大，要对工程进展全面掌控，总是有忙不完的事，干不完的活。

王立新说自己当时完全没有想到会成为这项工程的负责人。2001年4月的一天，工程处领导通知他到城铁公司开会，他一下就想到要干什么了，当时真是两眼一抹黑，心里直打鼓。因为在这之前，他所参加、负责的项目都是传统的市政工程，如道路、桥梁、管线等，而西直门车站是一个建筑工程，又是新兴市政领域——北京地铁13号线的起始站，为全市所瞩目，压力之大可想而知。

上任之初，为了尽快掌握建筑工程方面的施工要领，他买了大量业务书籍放在桌上、枕边，白天在工地上忙前忙后，做技术交底，下现场指导工作操作，晚上则在知识的海洋中漫游，挑灯夜战，每天晚上他房间的灯总是最后一个关的。一天，已经凌晨两点了他还没回家，妻子不放心，打电话给他，原来他趴在桌上睡着了。后来他干脆在办公室支了张床，晚上工作或者学习太晚了就住在办公室。谦虚好学，再加上自己的基础和悟性，他在极短的时间内就完全掌握了建筑工程施工要领，老师傅们都说他成了建筑施工的"老手"。

西直门车站工程质量要求高，技术难度大。项目部刚开始干，就遇到了一只名叫"可拆卸式锚杆"的"拦路虎"。这种锚杆是从环保角度考虑，避免遗留建筑垃圾而设计成可拆卸式的，现在根本就没有能做这种锚杆的厂家。可工期不能再等，怎么办？王立新决定自己动手。他与厂家联系，请厂方代表到施工现场进行考察，与项目部的技术人员一起，结合施工设计共同研究确定这种锚杆的制作方案。经过反复测试、验证，终于赶在正式使用之前解决了这一技术上的难题。

为保证工程质量，王立新在项目部按照ISO 9000标准建立了完备的管理和监督体系，从组织结构、职责范围、质量形成的全过程、工作程序和资源五大方面进一步完善质量管理，明确项目部每名成员的质量责任，以此对施工过程的各个环节进行严格的质量控制。当进行地上二层的框架柱施工时，王立新发现有根柱子稍微有些倾斜。这原本算不上质量问题，完全可以通过后期的装修加以解决，甲方和监理单位也都没有说什么。但王立新觉得"长痛不如短痛"，绝不能因为一根柱子影响了企业形象，他当机立断：砸掉重来。再次做出的柱子光滑、美观，连一贯挑剔的监理也跷起了大拇指。

作为工程"掌门人"，王立新极为重视施工现场布置和管理。项目部在现场基本安顿下来之后，在资金十分紧张的情况下，他们平整地面，修建水泥路、停车场，在围墙上高高竖起西直门车站效果图、大型钢网铁字的工程名称横幅，在人流如潮的西直门立交桥旁非常醒目。进入现场，长10多米、高3米的包括"工程简介""施工流程图""劳动竞赛台"等内容的宣传园地映入眼帘，十分抢眼。工地和办公楼前，绿草红花，相互映衬，给人一种清洁、舒畅的感觉，也让甲方及监理单位极为欣赏。项目部多次接待全国政协、北京市领导视察，并被评为北京市年度"文明安全工地"。

有位哲人说过："音乐是流动的建筑，建筑是流动的音乐。"古老的西直门崛起一座现代化的交通枢纽。而王立新和他的同事们，正在演奏着一支"建筑交响曲"。

（《首都建设报》，2002年8月31日）

三处中标

——土城北路等道路立交工程、地铁八通线工程03标段

在城市铁路与城市道路工程招标中，三处以经济标和技术标总分第一的优异成绩一举中标。

该工程由北京城市铁路股份有限公司投资建设，共包括土城北路道路立交工程、辛店村路立交工程、来广营西路立交工程、中滩村西侧路立交工程、建材城东侧道路工程五部分。工程总造价7800万元，设计质量要求为市优标准。

这几个标段分别位于昌平区、朝阳区境内，设计为8～24米单幅路，总

长 3400 米，土方量 21 万立方米。由于施工路段分散，相距较远，三处组建了四个精干的项目经理部具体负责施工，推行项目管理，实行单项工程承包，加强成本预控，争取良好经济效益。而且从此项工程开始全面推行集团公司 CIS 战略，与"文明四区"建设相结合，塑造北京市政人的新形象。目前，三处正紧锣密鼓地进行施工前准备，健全项目部人员配置，协助业主做好拆迁工作，力争尽快开工。

经过努力，三处以经济和技术标总分第一的好成绩一举中标北京地铁八通线工程 03 标段。

03 标段是北京地铁八通线工程九个标段中的一段，线路设计是沿使用中的京通快速路中央隔离带东西方向建设，主要施工项目为三站两区间。三站为双桥车站、杨闸车站、八里桥车站；两区间指连接三座车站之间的区间高架线及地面线。工程全长 3830 米；三座车站总建筑面积 17237 平方米，为钢筋混凝土结构。工程预计 9 月 10 日完工，工期共计 260 天。设计工程质量等级为优良，结构工程达到北京市长城杯奖要求。

此项工程施工项目多，战线长，时间久，要求高，三处将组建强有力的项目施工队伍，实施项目施工管理，精心组织，严格管理，确保工程各项指标达到设计要求。认真执行各项规定和要求，推行现代管理方法和集团公司 CIS 战略，科学组织，合理安排，做好现场文明施工的各项工作，争创北京市文明规范工地，取得经济效益和社会效益双丰收。

（《北京市政》，2002年1月10日）

他们是环卫工人？

近日，笔者来到朝阳区东湖渠居委会，刚自报家门就听到大爷大妈们连

 伊人芳踪

连赞叹："嘿，你们市政真不赖！"这是怎么回事？

这事还得从 3 月下旬的一天说起。那天，三处辛店项目部书记、经理到毗邻的东湖渠居委会办事，偶然看到居委会的大妈正在发愁，"你说，马路边这垃圾堆可怎么办呢？又脏又臭，影响街区卫生，能干活的上班分不开身，就凭咱们这老胳膊老腿儿的可真拿它没辙。"说者无意，听者有心，张书记略一沉吟，对大妈说："您甭担心，我们在这儿施工，这事您就交给我们吧。"

下午 4 点，项目部的张书记、王经理带了 10 多个人，扛着家伙来清理现场。他们或肩挑，或背扛，或手搬，一片忙碌景象。来往行人十分惊讶，这是哪儿来的"环卫工人"？一打听，原来是市政三处的施工队伍，都不禁跷起大拇指。夜幕悄悄降临，几座长期未得到清理的垃圾山被"搬了家"，现场被打理得干干净净。

垃圾山一搬走，改善了环境，乐坏了居民，不仅得到了上级单位的表扬，来往行人也是个个交口称赞。

据了解，辛店项目部在贯彻 CIS 战略过程中，以弘扬企业文化、塑造企业良好形象为己任，扎实工作，不走过场。他们定期召开职工大会，教育大家在施工中要多为附近居民着想，尽可能减少对周围单位和居民的影响。他们在工程沿线和施工现场使用统一围挡；施工用料码放整齐，轻拿轻放；运送渣土使用苫布遮盖；施工现场随时清扫。由于注重抓好文明施工，得到了甲方、监理的好评。

（《北京市政》，2002年4月25日）

八通线03号标段，劳动竞赛出新招

市政集团三处在承建的地铁八通线 03 号标段工地积极开展经济技术创新竞赛活动，并将劳务队伍纳入竞赛范围，有新意，效果明显。

地铁八通线 03 号标段项目有 6 支劳务队伍，共 500 多人，如何加强对他们的管理、督促，直接关系到工程各项经济指标的落实。为此，市政集团三处将"技术创新争先进，誓夺结构长城杯"劳动竞赛扩展到劳务队伍中去，开展了劳务队伍达标赛。

他们采取的做法是"从小处入手，从大处着眼，管理到底，指标到位，循序渐进"。竞赛紧紧围绕各劳务队承包工程的"工程质量、施工进度、安全生产、文明施工"四项指标进行，四项指标完成出色的队伍保证其"三优先待遇"，即"结算优先，指标优先，选择优先"。一石激起千层浪，项目部的承诺，极大地调动了劳务队伍的参赛热情，他们纷纷与项目部签订了竞赛协议书。项目部制订了安全生产、文明施工培训计划，在工地上竖起了醒目的劳动竞赛台，各队发放了综合检查评比表，定期检查，打分上墙。在自身形象方面，项目部要求：穿马甲，戴好帽；安全员，佩袖标；班前会，有记录；守规程，形象好。工程正式开工以来，各劳务队伍在不同形象部位开展多种形式的竞赛活动 20 多项，多项指标完成情况良好，取得了好的实际效果。

比如，三元建筑公司负责杨闸车站锚喷护壁施工，其垂直度、平整度都达到了质量标准，检验人员给他们打了 92 分的高分。山东莘县建筑公司的队伍，在其负责人赵章代的带领下，不但工程质量合格率 100%，队伍内部也管理得井井有条，赢得了检查人员的多次称赞。

（《建设市场报》，2002年6月21日）

 伊人芳踪

工程在线

——八通线施工进展顺利

地铁八通线工程全线目前已经进入施工高峰期，各段进展顺利。

地铁八通线由北京地铁京通发展有限责任公司投资建设，工程西起八王坟，东至通州土桥，全长 18.96 公里，总投资近 34 亿元人民币，预计将于 2003 年年底建成。建成后，将对疏散市区居住人口，促进沿线卫星城的发展起到极大的推动作用。

03 号标段是八通线工程全线最长、造价最高的一段，由北京市政集团第三工程处八通线项目部承建。截至 6 月中旬，工程桩完成 1081 棵，占总量 88%；承台完成 81 座，占总量的 100%；墩柱完成 103 棵，占总量的 99%；桥台完成 2 座，占总量的 50%。现在高架桥部分即将进入上部结构施工，车站正在进行拉梁钢筋支模施工。

（《首都建设报》，2002年6月29日）

三处机关实行指标控制管理费支出

从 7 月 1 日开始，三处机关各部室报销费用时，除了填写报销单外，还要带上一本《收支账簿》。这是三处为压缩机关管理费开支采取的新举措。

为了开源节流、压缩管理费开支，三处根据自身实际改变以往"实报实销"的做法，对机关部室管理费开支采取限额管理、指标控制。

5月下旬开始，处有关领导会同账务部与各部室就压缩管理费开支进行了多次商讨，根据实际需要特别是2001年的支出情况，分别核定各部室今年下半年管理开支控制指标。规定管理人员日常办公用品按每人每月5元核定，计算机耗材、电话费、租车费、内部餐费等项目的支出指标也进行了相应规定，并作为该处正式文件下发，要求各部室严格遵照执行。各个部室都发放了一本作为下半年领用手册的《收支账簿》，财务部将该部室的下半年管理费开支控制指标，按照办公费、打车费、内部餐费等项目分别登记在手册上。各部室发生的以上各项支出，都要将用途、支出金额、结余、时间等项目登记在手册上，并由账务人员审核盖章。这样，每个部室的各项支出都登记在册、清晰可查，便于部室自己对照检查、进行控制。

管理费开支控制指标下达后，三处机关所有管理人员都自觉按照要求，认真贯彻执行，成本意识、节约意识大大增强。现在，在电话中"唠嗑"的少了，用过一面的打印纸随手乱扔的少了，有事没事打车的少了。有的部室还在电话上贴着警示条："定额话费有限，节约通话时间！"短短时间，变化明显。

（《北京市政》，2002年7月25日）

市政三处见习生献策

日前市政集团三处在2001届见习生中开展的合理化建议活动结束，《合理化建议汇编》也摆上了每位领导班子成员的案头。

为充分发挥广大见习生的活力和干劲，市政集团三处结合2001届见习生

伊人芳踪

转正定级工作，开展了合理化建议征集活动。广大见习生以主人翁精神，根据自己的岗位工作实践，提出了很多好的建议或意见。他们表示，"三处的将来就是我个人的将来""自己虽然没有转正，但我更要以市政集团三处正式职工的身份提几点建议"。

（《劳动午报》，2002年7月31日）

城铁西直门站装修倒计时

城铁西线"9·28"通车在即，承担西直门车站建设任务的市政三处西直门项目部加紧后期装修，工地现场悄然竖起了倒计时牌。

西直门车站是北京市重点工程——城市快速轨道工程的起始站，西直门车站是否按期完工，直接关系到城铁西线能否顺利通车。日前，车站一层、二层设备用房已具备使用条件，通道建设接近尾声；二层顶部龙骨安装、喷漆和自动扶梯安装、地面石材铺装已经完成，正在进行顶部铝板和四周墙面龙骨安装；三层钢结构立柱全部焊接完毕，顶部倒虹吸排水系统也已开始施工，7月底将开始站棚铺装。据了解，8月上旬，将开始内部设备的安装、调试。

（《首都建设报》，2002年7月31日）

城铁明年全线通车

昨天，城铁西直门站工地悄然竖立起了倒计时牌，即日起将开始站棚铺装。8月上旬，城铁公司将开始内部设备安装、调试。9月28日，城铁西线试通车，明年1月28日，城铁全线通车。

目前，车站一层设备用房已全部交付使用，通道建设接近尾声；二层顶部龙骨安装、喷漆和自动扶梯安装、地面石材铺装已经完成，正在进行顶部铝板和周围墙面龙骨安装；三层钢结构立柱全部焊接完毕，顶部倒虹吸排水系统也已完成，工人们正在加紧涂刷防火材料。

城铁全线原定于年底通车，且只能通到和平里，不能与东直门环线地铁换乘。为了对市民出行不造成影响，有关部门决定对已完成主体工程的东直门站继续加高，给城铁东直门"盖上盖子"，用于安装设备和便于站厅装修，这样东直门站就具备了运营条件，明年1月28日城铁全线一次通车。

（《华夏时报》，2002年7月31日）

五条立交横穿轻轨

——昨起开始铺油计划9月上旬完工

横穿轻轨东线的道路立交工程昨天开始铺路面。工程竣工后，轻轨沿线

将不会出现列车与机动车的"打架"现象。

据了解，这些道路立交是轻轨配套工程，分布在轻轨东线，包括五部分，分别是土城北路立交工程、辛店村路立交工程、来广营西路立交工程、中滩村西侧路立交工程和建材城东侧道路工程。据市政集团第三工程处负责人介绍，这五处立交总长 3400 米，宽 8～24 米。前四项工程各修建一座下穿轻轨的立交，与轻轨垂直方向行进的车辆和行人将由此通过，这样机动车与轻轨将不会处在一个平面上，保证了轻轨和机动车正常运行。而建材城东侧道路，位于轻轨回龙观车辆段东侧，将作为轻轨与外部的交通联络线，以保证车辆段及各种进出车辆的出行。

据了解，整个工程铺油面积 6 万多平方米，将采用不同型号的沥青混凝土共 12000 吨，计划 9 月上旬完成铺油。

（《北京娱乐信报》，2002年8月12日）

见习生转正要报"三个一"

7 月 21 日，三处 2001 届毕业生见习工作基本结束，同时对 34 名见习毕业生的"三个一"活动进行了考核讲评。

该"三个一"活动，即结合岗位工作实践和企业实际，在见习期满一年后提交一篇专业论文、一份个人总结、一项（或多项）合理化建议。

6 月底之前，每名 2001 届见习生都完成了自己的"三个一"材料，对自己一年以来的工作情况进行总结。根据自己的工作，在加大人力资源开发力度、加强教育培训、实行会计电算化、丰富业余文化生活等方面提出了许多好的建议和意见。每人还结合自己的工作实践，撰写了较有分量的专业论文。如苏波的《加强材料管理的几点意见》、杨苗苗的《关于实行电算化中几点问题的思考》等，论点鲜明、论据充足、论证有力，具有较强的针对性、指导性和创造性。

7月初，三处见习生工作领导小组开始对所有见习生的专业论文和合理化建议进行考核，并进行了有奖评选，在见习生总结表彰大会上进行了讲评。该处将根据他们的合理化建议充分讨论后组织实施，暂时无法实施的也将予以答复和解释。

（《北京市政》，2002年8月12日）

八通线最大标段开始吊梁

日前，京通快速路北侧主路八里桥收费站至会村收费站断路施工，备受瞩目的地铁八通线最大标段——03号标段开始吊梁。

03号标段是八通线工程全线最长、工程量最大、造价最高的一段，由北京市政集团第三工程处八通项目部承建。据该项目部技术负责人介绍，八通线03号标段从拟建的双桥车站途经杨闸车站至八里桥车站，沿使用中的京通快速路中央隔离带东西方向建设，其中将横跨通惠河，作业面较为狭窄。主要工程项目为三站两区间，三站为双桥车站、杨闸车站、八里桥车站；两区间指连接三座车站之间的区间高架线及地面线。三座车站总建筑面积174437.12平方米，为钢筋混凝土结构，均为双层高架站。全长3830.24米，最宽的三车道宽11米。

据了解，03号标段是八通线各个标段中高架线最长、吊梁最多的一段，需要吊梁的"工"形梁290片，其中最大的片为27米长，49吨重。吊车自重80吨。均为钢筋混凝土结合梁。所有"工"形梁将从8月8日开始，以每天晚上6～8片的速度分6次进行，直到9月底左右全部吊装完毕。

由于施工地处京通快速路中央隔离带，作业面较为狭窄，该处多次与吊装单位共同协商吊装方案，与交通管理局等单位协调京通路交通疏导方案，以减少对交通的影响，同时又确保吊装顺利进行。经过协商，将在每天深夜12时以后开始施工，届时京通快速路北侧主路由东向西方向将根据需要切断交通。

为了保证吊梁工序优质、安全地完成，该处在甲方、监理的大力支持下，全程按照 ISO 9000 标准，严格控制每道工序的施工，精心选择吊装方案，科学组织，以确保施工质量。

（《首都建设报》，2002年8月14日）

钢筋铁骨包装城铁西直门

城铁西线通车在即，市政集团三处承建的西直门车站正在加紧最后的装修，将在8月底全面结束，9月上旬开始城铁列车冷滑试验。

据了解，西直门车站地面二层以上，除三层东西两侧墙面窗台以上采用玻璃幕墙和站棚轨道部分使用玻璃外，其余部分均用镀锌铝板包装。截止到昨天，车站二层顶部龙骨安装、喷漆和自动扶梯安装以及三层钢结构立柱焊接全部完成，所有的地面石材铺装和一层通道建设已经完毕。

该站为一岛两侧三线式高架车站，地上、地下各三层。总长188.8米，总宽度32.85米，车站高度17.21米。总建筑面积36192.7平方米。

（《北京晚报》，2002年8月17日）

市政集团三处中标外埠工程

近日，市政集团三处在吉林省沈长线十二道沟至十四道沟二级工程项目竞标中，一举中得 01 标段。

吉林省沈长线是省级公路干线，是吉林省公路网的重要组成部分。十二道沟至十四道沟，是沈长线的一部分，位于吉林省长白朝鲜族自治县内，它的建成，对改善贫困地区的落后状况、带动沿线经济发展具有重要意义。01 标段全长 12 公里，设计标准为公路二级，路宽 8.5 米，共需挖土石 5 万余立方米，填土约 12 万立方米，另有涵洞 28 道，挡土墙 1005 米 4566 立方米，以及排水、护坡等辅助设施。合同开工时间为今年 9 月，完工时间 2003 年 12 月，工期 16 个月，工程质量目标为优良。

（《首都建设报》，2002年8月31日）

八通线03标段技术创新现场会召开

日前，市政总公司工会在地铁八通线 03 标段项目部，召开了经济技术创新竞赛现场会。

据了解，市政三处承建的 03 标段是地铁八通线九个标段中最大、最长的一个，为确保优质、高效地完成工程任务，市政三处在工程中开展了以"誓夺结构长城杯、全线争创鲁班奖"为主题的经济技术创新竞赛活动。本着"组

伊人芳踪

织上到位、计划上可行、内容上切块、目标上明确"的原则，建立组织体系，制订竞赛计划。通过开展技术课题攻关赛、管理岗位成才赛、合理化建议擂台赛和劳务队伍指标赛，促进了各项管理工作，工程进度、质量均进展良好。

（《建设市场报》，2002年10月18日）

市政集团三处中标蚌宁高速路

近日，北京市政集团三处以总分第一名的好成绩，中标安徽省蚌宁高速公路来安至明光段路基工程09标段。

蚌宁高速公路是安徽省"十五"交通建设的重点工程，全长84.5公里，为双向四车道平原微丘区高速公路。设计速度120公里每小时，路基宽度28米。09标段长8.6公里，主要工程项目为：大中桥3座共98米，分离立交6座共396米，以及路基、防护、排水设施等。中标合同价约为7100万元。

市政集团三处成立以来，在认真干好各项市政工程特别是城铁工程的同时，不断加大外部工程开拓力度。今年8月，曾中标吉林省沈长线十二道沟至十四道沟二级工程01标段工程。

（《首都建设报》，2002年10月19日）

吴家村二期市政工程开工

近日，市政集团三处吴家村二期市政工程组建的项目部，开始进入工地现场。

吴家村二期市政工程位于丰台绿化隔离地区，西起西四环路，东至靛厂四号路，设计为城市次干道，道路全长 466 米。由北京市绿化隔离地区基础设施开发建设有限公司投资建设，设计单位为北京市市政工程设计研究总院。计划完工时间为 2003 年 3 月 31 日。工程质量等级为优良。

该工程设计道路西段为便于远期吴家村路上跨西四环路，为三幅路形式，主要工程量为：路基挖方 7685 立方米，管线挖土 162509 立方米，选料回填 14657 立方米，主路沥青混凝土 9592 平方米，辅路沥青混凝土 6260 平方米，以及雨水、污水等设施。

（《首都建设报》，2002年11月2日）

市政三处中标五号线土建工程

近日，市政集团三处成功中标北京地铁五号线工程 8 号合同段——张自忠路站工程。

张自忠路车站位于平安大街与东四北大街相交的十字路口，工程纵向（南北向）由三部分组成，中间部分为暗挖岛式车站；南北两侧分别设置盾构始

发、接收井（南端）及盾构调头井（北端），兼做施工竖井。

车站两端位于规划待迁范围内为地下两层三跨暗挖结构，中部横穿平安大街部分为单层三跨暗挖结构，计划于 2002 年 12 月 1 日动工，完工日期为 2004 年 11 月 30 日，共计 24 个月。工程造价约 1.04 亿元。

（《首都建设报》，2002年11月27日）

市政三处聘任见习管理人员

11 月 30 日，市政集团三处 26 名应聘者参加了包括施工技术、政治常识、社会知识、英语能力、计算机操作等方面的综合考试。笔试通过后还将进行以论文答辩为主、即兴演讲为辅的面试。经过笔试、面试等考核程序后，最终结果将于近期公布。这是三处在青年知识分子中开展的内部见习岗位招聘活动。

市政集团三处自成立以来，十分重视青年人才培养，想方设法实施发现人才、培养人才、锻炼人才、留住人才的人才战略。此次招聘职位为见习项目经理、见习项目工程师、见习项目会计师、见习项目经济师各 4 名，时限一年。见习期间分别由工程项目经理、工程处总工程师、部会计师、总经济师带培、指导，并在工资待遇方面有所调整。

（《首都建设报》，2002年12月7日）

城区旧路改造进入高峰期

今晚 11 点开始，由市政工程管理处负责施工，贯穿本市东西的主要干线阜成路主路，将进行连续 4 个夜晚的路面加铺、更换井盖等施工。因采用半幅断路施工，路口将安装红色警示灯和反光导流标志。施工单位提醒司机，注意施工标志，谨慎慢行。

阜成路西起航天桥，东至钓鱼台国宾馆西墙外，全长 1092 米。由于车流量大，使用年限长，路面出现龟裂、车辙等问题，对市容和车辆通行造成影响。改造后的阜成路将铺上具有防滑透水功能的彩色砖，井盖则由先前的铸铁井盖更换为具有"防盗、防跳、防位移、防响、防坠落"功能的双层五防井盖。

记者从市政集团获悉，进入 4 月，本市城区大量的道路工程陆续开始改造。在防控"非典"的特殊时期，市政集团始终坚持一手抓抗击"非典"，一手抓建设，6000 多名建设者坚持奋战在京城东西南北各个工地。目前已完成的工程有，天安门广场东、西侧路；正在改造的有，连接工体北路和香河园路的新东路、二环与三环的连接线劲松路、位于光明桥至铁路桥之间的光明路；陆续开工的有，广安门外大街、新街口外大街、西单北大街、和平里东街。此外，城区东部的市政道路工程朝阳北路；南部的马家堡西路；西部的西外延工程、首体南路和莲花池西路、西南部的万寿路南延工程、丰台北路以及城区北部的五塔寺路都正在紧张施工之中，清华南路也正在积极准备开工。

据悉，这些旧路都是由于车流量大，损害较为严重，其改造内容主要加铺改性沥青路面，改善道路状况，提高通行能力，并更换彩色步道砖。铺油都安排在夜间进行，铺油期间尽量为公交车提供方便。

（《北京晚报》，2003年5月17日）

 伊人芳踪

小汤山医院防汛工程动工

在北京即将进入汛期之际，小汤山"非典"定点医院防汛工程日前正式动工。5月26日凌晨，负责施工的市政集团易成公司的150名施工人员在全封闭隔离环境下，同一线医务人员一样，身着三层防护服、佩戴防护眼镜、口罩，全副武装进行施工。

我市今春以来，降水较为频繁。小汤山医院作为防治"非典"定点医院，其能否安全度汛显得尤为关键。小汤山医院防汛工程包括修建雨水支线沟，依靠"重力流"，通过支线沟、干沟、总干沟，从北向南自行排水，工程量包括挡水板1470米、流水槽920米、排水管326米、支管300米、雨水口7座、检查井9座等。

现场全部采用人工开槽，而且限制用镐，必须使用镐施工的地方都有专人进行看护。所有进入现场的施工人员都进行了严格防护。工程造价200多万元，而后勤、防护费用就达到了400多万元。他们逐一进行体检，发现身体不适者，立即撤离现场。此外，进驻工地前，还对所有施工人员进行隔离和防护培训，打预防针，上"非典"保险。生活区、限制区和污染区严格分离，禁止人员互相流动。

据知，工程力争在6月15日前完工。

（《北京晚报》，2003年5月30日）

市政集团重奖科技人员

市政集团实行人才战备又出大手笔，6 月 3 日，他们拿出 23 万元专款，表彰奖励 2002 年度为企业经营发展、技术进步做出突出贡献的专业技术和管理人员。

2002 年，市政集团各项经营指标都有了较大幅度的提高，同时加强技术创新体系建设，加大科技投入，初步建立了技术创新机制，极大地激发了广大技术人员的积极性，取得了显著成果。集团全年共确立了 10 个重点技术创新项目和 40 个一般创新项目，同时承担了市科委项目 4 个，市建委项目 2 个，市政管委项目 2 个，市环保局项目 1 个，有 5 项成果通过技术鉴定，2 项通过专家评议。其中"改性沥青及 SMA 在城市道路中应用技术研究"获北京市科技进步二等奖，旧沥青路面材料再生技术、低噪声路面技术等技术成果已经应用，并产生了较好的社会效益。全年采用新技术施工和新产品销售收入超过 1.1 亿元。

市政集团 2002 年继续开展创精品工程活动，通过集中检查、不定期巡视和现场会议等多种方式，加强对在施 56 个重点工程项目的过程控制。全年共完成施工项目 201 项，单位工程优良率达到 81.6%，一次交验合格率为100%。其中，市政一处施工的四阜桥工程、市政一公司施工的西外大街工程等 9 项工程，荣获市优质工程奖；5 项工程获长城杯奖；市政四处公司荣获2002 年度全国工程建设质量管理优秀企业称号。

去年，市政集团完成了市建委《北京市市政基础设施工程资料管理规程》修订任务以及两项国家标准、三项行业标准和三项北京市标准的复审工作，保持了全国同行业技术领域的领先地位，并取得了 1 项专利权，市政研究院申请专利 3 项，专利实施销售额 450 万元，实现利税 82 万元。

（《首都建设报》，2003年6月7日）

大学生教居民上网

昨天下午，望京街道花家地南里社区 57 岁的孙阿姨愉快地走进北京青年政治学院，在大学生的帮助下学习电脑基础知识和如何上网。

孙阿姨说："现在人们不会电脑和上网生活就太单调了。将来女儿出嫁了，我还要通过网络与她聊天呢！"昨天与孙阿姨一同来参加培训班的有近 40 位小区居民，这是由社区居委会与学校联合发起的大学生进社区"一帮一"服务活动。在校大学生与居民结为对子，采取手把手帮教、上门跟踪指导、定期答疑解惑等形式，在社区展开电脑知识服务。

此举让闲居在家的中老年朋友拍手称快。60 多岁的沈大爷说："以后小孙女嚷嚷着让我开电脑，我也能行了。"

（《法制晚报》，2004年5月21日）

作者从小学二年级第二学期到高中毕业，天天坚持写日记，大学期间也挤时间写。此辑近十万字，是他生命成长中喜怒哀乐五光十色的涂抹，是一曲从小立志报国、奋发图强的心灵之歌，也是一幅极其珍贵、可供"观摩"、可供思考、可供研究的个体心理发展"活的版图"，展现了人性最本真、最单纯、最丰富、最深刻的内心体验，具有教育学、心理学的实践观照意义。

——题记

第三辑

花季日记

稚嫩童心（小学）

1987 年 3 月 8 日　　晴

买　书

　　早上，我们三人都起来得很迟。起来后，姐姐和我学习，爸爸下面（条）。吃完饭，我和姐姐在后面做作业，爸爸在前面做事。过了一会儿，有一个人在敲门，我连忙去开门。一看，是妈妈，我说："爸爸，妈妈来了。"他连忙走出来，说："你来了。"妈妈说："是的。"妈妈来了，把东西放在椅子上。爸爸问妈妈："吃饭没有？"妈妈说："没有。"爸爸连忙去下面条给妈妈吃。我去沙发上看书去了。过了一点时间，妈妈就在吃面，我还是在沙发上看书。过了一会儿，姐姐喊我，我就去了。姐姐说："你问爸爸上不上街。"我说："好。"我就问爸爸："上不上街去？"爸爸说："去的。"过了一会儿，妈妈就给我们书包，爸爸叫我们上街去新华书店，后来买了《神算家的秘诀》《词汇与短语》《看图说话》《马克思的故事》《考考你自己》《小学生获奖作文选评》《初中物理学习手册》。

　　（小学二年级第二学期 3 月 8 日星期天，第一篇日记记录了他的"读书"启蒙；父亲引导、鼓励他"从今天开始写日记，把自己有印象的事的过程写出来，写不出的字、词可以问，也可以用拼音代替"。）

1987 年 9 月 7 日　　晴

搬　书

　　放学了，我正在回家的路上走。忽然，我看到校门里面有一辆车子。我赶紧跑过去，一看他们在搬书，我就和他们一起搬。他们有的用肩膀扛，有的用手提。我说："干脆用提。"手提了一会儿，我觉得不好使劲儿，胡晓

对徐兵说："哑巴，你用手搬好使力些。"我看他们搬得直冒汗，我就把书包挎（挎：挂）在一个好地方。衬衣也脱了，放在窗台上面。又开始搬。过了一会儿，搬完了。我浑身到处流汗。回到家里，我多么高兴！因为我做了一件有意义的好事。

1988 年 3 月 14 日　星期天（正月二十七）　晴
梦见老虎

昨天晚上，我做了一个梦：梦见我在一个大森林中走路。忽然，一只老虎在我身后紧追不放。后来，一个人说："后面有一只老虎。"我往后一看，是真的。于是我就用双脚踢死了老虎。

1988 年 12 月 2 日　星期五　晴
表决心

今天下午，我校举行了评模大会。我成绩第一，被评为五好学生，包括德、智、体、美、劳五方面。我在大会上，代表个人表了决心，我在表决心时因太紧张嘴唇都颤动起来。我要永远记住居里夫人的话：人要有毅力，否则一事无成！我要永远记住罗健夫的话：事业的成功来自扎扎实实的努力。

1988 年 12 月 18 日　星期天　晴
爸爸回来了

时间似流水。一晃，爸爸去石门已经三天，今天该回来了吧？我正想着，"咔嚓"一声门开了。哦，爸爸回来了，后面还跟着一位伯伯。听爸爸说，那位伯伯姓陈，是他的老师。陈老师上身穿黑色牛仔衣，下身穿一条土里土气的灰色裤子，戴着一副眼镜。从陈老师的衣着来看毫不引人注目，但他是怎么当上爸爸的老师的呢？大概是他勤奋好学的结果。

1989 年 1 月 13 日　星期五　阴

打雪仗

今天上午，下第二节课后，李健约我和张千等八个同学去打雪仗。我们分成两个班，我和张千、陈晓、孟兵一班。"战斗"开始了，比赛场上立刻沸腾起来。我们班的四个人向"敌人"发起攻击，我们一边前进一边攻击，不知怎的，"敌人"一次也不打，只是东躲西闪。打了一会儿，我们的"子弹"用完了，"敌人"倒向我们发起攻击，我们被他们打得狼狈而逃。

上课铃响了，我们唱着欢乐的歌儿走进教室。

1989 年 2 月 23 日　星期四　阴

玩　冰

今天上午第二节课后，同学们都摘树叶上的冰，我也去摘。我进教室后，陈晓批评我说："杨唐杰，你身为大组长（临时），还带头玩冰，像个样子吗？"我听了他的话，就把冰块扔了，还对张华说："张华，请你不要玩冰，玩冰可不是件好事。"陈晓笑了笑说："你这才像个大组长哟。"我听了，高兴地笑了。

1990 年 1 月 3 日　星期四　阴

看望李老师

中午刚吃过饭，我就急急忙忙地赶到学校，什么原因呢？原来我们全班同学要到澧县第二中学看望因重病缠身而不能来校上课，在家休养的班主任李老师。李老师上星期是带着疾病来为我们上课的，这个星期由于病情加重实在不能上课了。

我来到学校，看到同学们正在忙碌着：有的在往袋子里放东西，有的正在扯袋子，有的正在拿东西，我慌慌忙忙地从课桌里拿出上午给李老师写的慰问信放在口袋里，然后就跟同学们向李老师家出发了。我们一路上谈笑风

生，有说有笑，不知不觉就到了李老师的家门口。

我走上前去，轻轻地敲了敲门。一会儿门开了，开门的是一个老伯伯，他问我干什么，我说来看望李老师，老伯伯说了一声"请进"，我们就进屋了。一进屋，我就看见李老师躺在床上，李莉、陈晓上前一步，把李老师扶了起来。这时我和几个同学把罐头、麦乳精、橘子原汁等礼品放在桌子上，然后在床上给老师汇报起情况来，当李老师听到我们班上的同学都非常遵守纪律时，她咧开嘴笑了。是啊，李老师看到我们班上有些同学不守纪律时，她不知费了多少心，现在同学们都遵守纪律了，她怎能不为之高兴呢？当我们汇报完了工作情况，李老师就要给我们饼干和糖吃，大家都表示不吃，李老师只好放下饼干和糖。由于我们急于上课，所以只得告辞。于是，我走到李老师的床前，对李老师说："李老师，我们要上课去了，只好离开您了。"李老师说："同学们，回去吧。"我们走出门外，对李老师说："祝您身体早日康复！"说着，还敬起了少先队礼，敬了礼就回学校了。

1990 年 1 月 31 日

探 险

今天上午，我和刘锋、李健、李勇、徐月、唐理、张华、刘敏约定下午在公园里见。

吃过午饭，我来到公园，刘锋他们七人早就到了，显然我"迟到"了。我们八人先在儿童乐园玩了一会儿，然后来到一个隐蔽处，停了一会儿，李健郑重宣布：神鹰探险队成立了。我们都热烈鼓掌，之后李健还宣布了探险队宗旨：发展现代化科学技术、推崇探险精神、向大自然索取宝藏而揭示其奥秘。大家都一致表示赞同。再由徐月宣布：神鹰一号刘锋、二号杨唐杰、三号李健、四号徐月、五号李勇、六号唐理、七号张华、八号刘敏，大家都一致赞成。神鹰探险队所有队员还通过民主集中制选举出队长：刘锋，副队长：杨唐杰、李健。

这一切都进行完之后，就进行了建队以后第一次活动。我们先叫唐理买了八根蜡烛，一个人拿一根点燃的蜡烛。一切准备就绪后，就准备去钻洞。

这个洞很小，每次只能钻一个人，洞里很黑，不过我们每人拿着一根蜡烛，所以也并不黑。我们行走了一会儿，忽然洞里空气变得十分稀少，我们喘气越来越急，心跳次数越来越多，而蜡烛却渐渐变得微弱起来，我们只得往后撤，第一次钻洞失败了。

第一次虽然失败了，但我们毫不气馁，"胜不骄，败不馁"嘛。休息了一会儿，我们又发起对这个洞的进攻。我们依然拿着蜡烛，走了一会儿，刘敏发现了一具人骷髅，吓得大叫，他身后的刘锋赶紧把骷髅扔到洞外。又走了一会儿，徐月看见了屎，他并没有像刘敏一样被吓得大叫，而是让前边的人全走过去后，小心翼翼地从旁边绕过。我们继续前进，走了一阵子，走在前头的李健发现了一坑水，水面很宽，无法跳过去，我们只好又往后撤。这次探险虽然失败了，但是它极大地鼓舞了我们神鹰探险队全体队员的士气，我们准备穿套鞋，带手电再次去探险，钻这个洞。

1990 年 2 月 4 日　星期一　阴

左轮手枪

上午十点多钟，我拿着左轮手枪到楼下去玩。我一扣手枪的扳机，咦，怎么回事，枪栓不动，按道理，我一扣动扳机，枪栓应该往后斜，现在，我扣动了扳机，枪栓怎么不往后斜呢？扣动了扳机，枪栓不往后斜，只有枪坏了才会出现这样的情况，莫非……我不敢再往下想了。

为了看清楚我的左轮手枪是不是真的坏了，我把手枪拆开了。我乍一看，好像并没有坏，我不相信没有坏，不然扣动了扳机枪栓怎么会不往后斜呢？！我想，反正弄不清哪儿坏了，我干脆重新组装。我把零件都拆下来，然后自己重新组装起来，由于手枪内部构造并不复杂，零件少，不一会儿，就安装好了。我把手枪安装好后，一试，跟原来一样，并没有什么不同。我泄气了，准备扔了算了，这时，我又想起来，扔了它就等于扔了一元五角钱（这支左轮手枪买来时花了一元五角钱）。我又想起"世上无难事，只怕有心人""有志者，事竟成"。我又重新安装起来，这时，刘兴来邀我玩，看我在装枪，也帮我组装起来，我摆弄并研究了半天，终于弄清了里面的奥秘，把它组装好了。我高兴极了。

有志者，事竟成！

1990 年 2 月 6 日　星期三　阴转晴

等着瞧吧

下午两点多钟的时候，我和表妹帆帆回到曾家河去了。

刚吃过晚饭，忽然听到楼下传来喊声，声音很像是曾家河龚老师的声音，到阳台上一看，原来是龚老师与她的丈夫杨老师来了。龚老师来后，问我的期末考试成绩。我由于成绩不妥（不好），所以不想说，怕说了丢人，但又不得不说，而后，龚老师说，她班上的语文、数学都有许多考九十分以上的同学。这时，我心中难受极了，方知山外有山，楼外有楼，强中更有强中手。我暗下决定：从今天开始，勤奋攻读，在下学期赶上并且超过那些成绩好的同学！等着瞧吧！

1990 年 2 月 28 日

天晴了

天气终于晴了。

早晨，雾弥漫着大地。过了一会儿，雾慢慢地散了，太阳升起来了。在阳光下，人们都在辛勤地劳动，校园里的欢笑声，教室里的读书声交织成了一支支快乐交响曲。

雨过天晴的大地又恢复了以前的生机。树木、花草都在阳光的照射下长出嫩嫩的绿芽。老爷爷坐在椅子上晒太阳。

天晴给人们带来了幸福。

1990 年 3 月 11 日　星期天　晴

玩沙包

下午，我们玩了个痛快。

两点多钟时，我下去玩。到下面一看，刘兴、陈晓等五个同学正在玩游戏。他们原来要玩丢沙包的游戏，只因缺一个人不好玩，我下去后，我们六个同学便一起玩丢沙包。

经过搭配，我、谭晓、雷明一组，邓明、刘兴、陈晓一组。我们先玩。邓明、陈晓、刘兴摆好阵势，我拿沙包照准陈晓的小腿一打，不料陈晓的身体轻盈地往左一跳，沙包立刻从陈晓的身边飞过去了。谭晓不愧是老将，他将沙包拿起，又快又猛地往刘兴的后背一打，刘兴的后背吃了一沙包。这回我学了点儿"乖"。我拿着沙包，学着谭晓的样子又快又猛地向邓明胸脯掷去，邓明来不及躲闪，被打中。我和谭晓屡次打陈晓，他都躲过了。我拿起沙包，比前几回更快更猛地向陈晓掷去，陈晓不及躲闪，左腿终于被打中了。就这样，我们从两点多钟玩到四点多钟，两个多小时。

下午，我们玩得真愉快。

1990 年 5 月 5 日　星期六　晴

观察苔藓

昨天自然课时遇到一道难题："为什么苔藓植物长得很矮小？都长在潮湿的地方？"为了解开这个谜，今天下午我搞了一次实地调查。我用刀片在墙角地方取了两种形状不一样的苔藓植物，然后用放大镜观察。观察了好大一会儿，才发现：苔藓植物没有茎、叶、根之分；苔藓植物的最下部有它的假根。当我用刀片把苔藓植物剖开，发现它跟别的植物不同，它没有运输水分的小管子。因此，我认为：由于苔藓植物没有运输水分的管子，它只有假根，而假根又不能吸收水分，正因为这样，苔藓植物要长得矮小，都长在潮湿的地方。

1990 年 5 月 20 日　星期天　雨

做一个有价值的人

张海迪大姐姐是一个全身三分之二的肢体都失去知觉的人，生活非常困难。在这种情形下，张大姐姐曾想结束自己幼小的生命，因为她觉得她这个人活在世上不仅对社会无贡献，还会给社会带来麻烦。但是她后来又感觉到

自己也是祖国建设大军的一员，也是可以"用生命的火花去照亮通往美好未来的征途"的。于是她以惊人的毅力，依靠自己的力量，刻苦钻研了医学知识，为别人按摩、针灸、治病；学习了电学知识，为别人修理电视机、电风扇、电熨斗等家用电器；学习了外文知识，翻译了外国小说和资料。"人生的意义在于贡献，而不在于索取。"这句话是她的座右铭，也是她的诺言。她以自己的实际行动履行了自己的诺言。她说："应该尽我的力量，为人民做些贡献，才觉得幸福。否则，我就只有惭愧。"

今后，我一定要努力向海迪大姐姐学习，以实际行动，遵守自己的诺言，从小学习做一个有价值的人！

1990 年 5 月 31 日　星期四　阴

学习赖宁

明天是国际"六一"儿童节，作为儿童，谁不为自己的节日而感到幸福和高兴呢？当然，我也不例外，要是以往的"六一"儿童节，我将是尽情地欢呼与歌唱，然而今年的"六一"儿童节前夕我却感到十分悲痛。因为我今天看了《"英雄少年"——赖宁》这部电视剧。

赖宁只活了 15 个年头，人生短促。但是他却用生命的辉煌燃烧提示了人生的真谛。赖宁从小崇拜杰出人物，胸怀大志。他生活在一个偏僻而又封闭的山区，但他求知若渴、博览群书，从而开阔了视野，他助人为乐、尊师爱幼；他"好强"永不服输，他懂得大事要从小事做起。尤其可贵的是赖宁的高尚情感——热爱祖国，热爱家乡，热爱人民。正是这种情感才使他冒险 3 次上山扑灭林火，为此献出宝贵的生命。

当看到赖宁哥哥英勇牺牲时，我情不自禁地落下了眼泪。这眼泪，不是软弱的眼泪，是骄傲的眼泪，我怎能不为有这样一个为祖国献出年幼生命的少年而感到骄傲，感到自豪呢？从今天起，我一定要化悲痛为力量，为祖国的四化建设而贡献出一切！

1990 年 6 月 13 日　晴

人活着为了什么

"人活着为了什么？"对于这个问题，有各种不同的答案。有人认为，人活着就是为了吃喝玩乐，享尽人间荣华富贵。有人则认为，人活着就是为了对世界、对社会有所贡献。

对于这个问题，我也思考了很久，认为：人活着就是为了对世界、对社会有点贡献。我认为：我们中国并不需要吃喝玩乐的人，而需要在工作第一线上默默奉献的人。吃喝玩乐的人可耻，向在工作一线上默默奉献的广大人民群众致敬！

1990 年 10 月 7 日　星期天　晴

我懂了一个道理

今天下午一点，妈妈乘专车到湖北省公安县的大伯家去了。

下午三点钟，我下了楼，本来是想找徐月讨论几个题目的，而他却未在家，他家来了客人，他买菜去了。这时刘鹏和谭晓在打"仗"（用煤渣打击对方）。我只好与他们打起"仗"来。经过"抢头"（用"石头""剪刀""布"分先后），我和谭晓一班，刘鹏一个人一班。我们打"仗"的规则是：两边各抢住一个阵地，只能在阵地里打，不能冲锋。双方的"子弹"打完后就停战。我和谭晓占住一个有掩体的地方作为阵地，刘鹏也是，我和谭晓把"子弹"放在地上。开战了，双方都用煤渣猛击对方。不一会儿我身上挨了几下。我和谭晓改变战术。我们把子弹放在地上。我们东躲西闪，还不时逗对方，刘鹏生气了，用"子弹"猛烈轰击我军阵地。我和谭晓也跟他干了起来。最后，刘鹏的"子弹"打完，我们的也打完了，按照规则，我们停战了。

我们觉得无趣，就由谭晓用自行车带我们玩。过了一会儿，雷明骑自行车来了。谭晓就让雷明追他，他自己依然带我和刘鹏，而雷明没有带人。谭晓知道只能智取，不能硬拼，否则就要被雷明追上。谭晓在花园中间的圆坛

周围转来转去，而雷明稍微多转一会儿，他就会晕，等雷明头晕后，谭晓充分利用他的技术，在几棵树中间穿来穿去，而雷明在树林之间穿来穿去的技术并不强，终于雷明与谭晓的距离拉大了，最终，雷明输了。接着进行第二轮比赛，谭晓运用智取，赢了雷明。这样，今天的自行车大赛，谭晓在带有两个人的情况下，通过智取，赢了雷明。

通过这件事，我懂得一个道理：一个人不管干什么事都应该开动脑筋。

1990 年 11 月 21 日　星期三　晴

钢笔掉了之后

"我的钢笔，我的钢笔！"我惊慌失措地大叫道。

同学们闻讯赶来，他们在我的桌子旁围得紧紧的，里三层外三层，黑压压的全是人头。同学们有的说："活该，活该，掉得好。"有的同学则问我掉钢笔先后的一些情况，不知是为什么，同学们竟没有一个人帮我找。

这时候，徐月气喘吁吁地从操场上跑进了教室，他见我的四周围着这么多人，便问我："杨唐杰，发生什么事情了？"

我哭丧着脸说："我的钢笔掉了。"

"什么时间发现的？"

"就是刚才发现的。"我抽噎着说，"我正准备掏出笔来摘抄一首诗，一打开文具盒，就发现钢笔不见了。"

"那咱们俩找啊。"

我们打开书包和座位的盖，翻了半天，也没有找到钢笔。我又搜了搜我身上的口袋，仍然没有找到钢笔，只是发现有一个口袋破了，会掉东西。

我若有所思地说："徐月，你想是不是这样，我的钢笔放在口袋里，掉出去了呢？"

徐月想想，说："大概是这样吧。"我们沿着我来学校的路线，终于找到了钢笔。

这虽然是件小事，但是表现了徐月同学助人为乐、关心同学的好思想、好品质，在他身上闪烁着共产主义思想的光辉。

1990 年 11 月 24 日　星期六　雨

读《儿童教育的"六个解放"》有感

今天，我以极大的兴趣和热情阅读了《儿童教育的"六个解放"》这篇文章。这篇文章中的"六个解放"指的是：1. 解放儿童的头脑；2. 解放儿童的眼睛；3. 解放儿童的嘴；4. 解放儿童的双手；5. 解放儿童的空间；6. 解放儿童的时间。我认为这篇文章写得太棒了。它写得棒的原因是因为写出了我们少年儿童的心里话。

当今世界上，有些儿童的家长以为拼命读书才能成为名人、学者、科学家，因此拼命让其读书，对儿童的头脑、眼睛、嘴、双手、空间、时间并没有解放。儿童一干别的事情，他的家长就会打他、骂他，直到儿童去读书，也不罢口。这些儿童的家长以为这样对他们的孩子"严格要求"他们的孩子才会成为名人、学者、科学家。而事实却与他们以为的恰恰相反。这是什么原因呢？这是因为他们把孩子的时间安排得紧，没有给他们一些空间时间消化学问，他们虽然在学习，但只是由于情势所迫，根本没有学进去，所以产生了这样的效果。这样的学习就等于没有学，没有起到一定的效果。

对儿童进行教育，必须要做到《儿童教育的"六个解放"》里的"六个解放"，这样才能起到它应有的效果，尤其是第五点"解放儿童的空间"特别重要，如果不解放儿童的空间，那我们就会成为"只看见院子里高墙上的四角的天空"的人。

1990 年 12 月 14 日　星期五　晴

联欢会

今天下午第一节是音乐课，我们举行了联欢会。

联欢会时，首先主持人鲁老师讲话，她希望我们遵守纪律、积极表演。鲁老师刚一说完，严芳立即跳上去讲，与张丽合说了一段相声，逗得同学们捧腹大笑。这时赵琳也跳上讲台，唱了一首《星星知我心》的主题歌，真是优美动听。这时，严芳又和李阳芳、何平莉三人一齐走上讲台，在长长的讲

台上，表演了小品《剃头》，让人哈哈大笑，给人以教育。同学们一个个都上了讲台，可全是女同学，没有一个男同学。这时，鲁老师风趣地"将"了我们男同学一"军"："男同胞们，你们怎么不表演节目啊？可没味儿。"这一激将法果然奏效，我立即跳上讲台，演唱了《少年壮志不言愁》。这时鲁老师又风趣地说："男同胞们，你们总算有了一个代表，要是没有杨唐杰上讲台演唱，那可是没有代表呀。"这时掌声又响了起来，回荡在校园里……下课铃敲响了，它告诉我们要下课了。这次联欢会在热烈的掌声中结束了。

1991 年 3 月 17 日　星期天　晴

我长长地舒了一口气

今天下午，我和徐月、陈晓到学校后面的大堤上去玩。一路上，凉风习习，舒服极了。当我们往回走时，从不远处的一个水池里传来了"救命啊，救命啊"的呼救声。我小跑到那里，只见那个落水小孩一会儿浮上来，一会儿沉下去，形势非常紧急，我立即想到我自己是少先队员，应当去抢救那个小孩，但我又想到，现在正处初春，天气并不暖和，我去救那个小孩，自己就要打湿衣服，冻坏身子，我心里矛盾极了，这时我想起了 1989 年全国十佳少先队员之一孔庆山不顾自己的安危在严冬中抢救落水小孩的情景，我的劲又来了。我立即脱光了衣服，跳到水中。

我施展出自己所有的游泳技能，在水中摸了半天，终于摸到了那个小孩，我拉着他，向岸边游来，用屁股把他顶上了河岸，人们赶来为他做了人工呼吸，那个小孩终于脱险了，我长长地舒了一口气。

今天，我特别高兴，因为我做了一件好事。

1991 年 5 月 28 日　星期二　阴

梦见太空船

晚上我做了一个梦，梦见自己坐上太空船，由一支火箭射入了太空。

太空的景色美极了：向上看，天不再是蓝色的，它变成了一幅黑色的幕布，上面缀满闪闪发光的星星，就像无数的眼睛望着我。太阳孤零零地停在左边，如同一团火球，射出夺目的光芒。

向太空船的右边看，是地球的边缘，上面覆盖着一层淡蓝色的霞光，既像轻烟，又像雾。

忽然，太空船机件失灵，从空中翻滚下坠，我望着太空船里成百个按钮不知该按哪一个才好，一时手忙脚乱，急得大喊救命。

我从梦中惊醒过来，睁开眼睛一看，原来自己并不是在太空船里，而是躺在床上。我长长地舒了一口气，心里却在扑扑地跳个不停。只见月光透过窗口，照在床上，那里放着一本我昨天新借的科学幻想故事——《太空历险记》。

1991 年 6 月 5 日　星期三　阴转晴

水、陆、空飘行车

晚上，我做了一个梦：祖国实现了四个现代化。早上，我乘着水、陆、空三用特速飘行车来到学校。只见学校里的教学楼全是各种各样的塑料、轻质高强度的钢丝、玻璃纤维和轻金属建造的。而房屋的主体是用"新世纪混凝土"压制而成的，屋顶像珊瑚一样漂亮，窗棂像翡翠一样碧绿，墙壁像象牙一样光滑。这些光彩夺目的房屋再也找不到砖瓦、石头和土块，好像月宫里的琼楼玉宇移到了人间。

我推开门走进教室，只见地板是用特性塑料和人造橡胶制成的，既美观又有弹性，走在上面，你会感到柔软而舒适。每个同学面前都放着一台大型高速电子计算机，一秒钟可以计算一百亿次以上。我走到自己的座位，坐了下来。不一会儿，计算机的屏幕上出现了老师的形象，原来老师正在计算机指控室通过计算机在给我们上课，这比现在的教学方式不知要先进多少倍。这时，妈妈开门的声音惊醒了我，我从床上起来。我想，让我们为这一天的早日到来，勤奋学习、努力探索吧！

1991 年 6 月 7 日　星期天　晴

看蚂蚁爬墙

早就听说了一些关于蚂蚁的故事，"百闻不如一见"，我今天特地观察了它们——小"人"国的臣民们。

我来到楼梯口，发现墙角边有一群蚂蚁，便蹲下身子，饶有趣味地观察起来。这群蚂蚁十分团结，从不为一些小事而打架，即使爬行撞到了对方，在它们看来，也只是小事一桩。我蹲在那儿，一只小蚂蚁发现了，显得十分惊慌，迷了路，可能把我看成一个"庞然大物"了吧，的确，在它们眼里，我是一个名副其实的"庞然大物"。

距蚂蚁的窝不远处有一级台阶，在我们眼里是微不足道，但在它们的眼里，却被看作"珠穆朗玛峰"。它们"立志"要"征服"它（指被它们认为是"珠穆朗玛峰"的那一级台阶）。它们爬到"珠穆朗玛峰"脚下，想要爬上去。它们把前足伸开，后腿在地上猛地一蹬，然后死死地抓住"珠穆朗玛峰"凹进去的部分，往上爬。它们虽然使尽自己全身的解数，但由于台阶实在太滑未能爬上去。但它们不灰心，不气馁，再一次向上爬，又没有成功。这时，从蚁群中爬出一个稍大一点的，可能是它们的首领吧，它领着自己的部下，再次向"珠穆朗玛峰"发起了冲锋，它们这回运用"智取"：这些蚂蚁一个爬到另一个的身上，像叠罗汉似的，组成一条"人梯"，用这样的方法使这些蚂蚁登上了"珠穆朗玛峰"。它们真团结，上面的把下面的压"疼"也不"喊"；它们又真聪明，想出这样的方法，实现了它们的"愿望"，"征服"了"珠穆朗玛峰"。它们终于如愿以偿。

后来由于时间有限，只得停止对蚂蚁的观察，但是，假如以后时间允许的话，我一定会再度观察它们。

1991 年 6 月 20 日　星期四　晴

做一个对祖国有用的人

人总是要死的，有的轻于鸿毛，有的呢，却重于泰山。我觉得，一个人活着就应该把毕生的精力和整个生命为人类解放事业——共产主义事业全部贡献出来。我活着，只有一个目的，就是做一个对人民对祖国有用的人。

当祖国和人民处在最紧急的关头，我就毫不犹豫挺身而出，不怕牺牲。生为人民生，死为人民死。

1991 年 8 月 5 日　星期天　晴

人都要"走死"

我的家乡什么都好，风光优美，物产丰富，生活富裕，可是，有一样不好：交通不方便。从家乡要走二十里路才能搭到车。这二十里路，人都要走死。让人好不耐烦。

大至一个国家，小到一个乡镇，交通不便是一件很恼火的事。不管这个地区的物产如何丰富，由于交通不便，不能运往外地，无法与外地交流，这难道不是交通不便造成的吗？也不管这里的风光如何优美，由于交通不便，外地人无法来到这里看，也得不到社会的承认，当然也是交通不便造成的。

因此，我呼吁：世界各国，多造出一些交通设施，以满足于大众吧！

1991 年 8 月 22 日　星期四　晴

梦见我当兵

晚上，我做了一个奇妙的梦：梦见我长大了，当了一名光荣的人民解放军战士，参加对越自卫反击战。一次，我们的连队开赴前线，参加阵地争夺战。战斗打响了，我们向敌人开枪，敌人向我们打炮，密集的枪弹像雨点一样穿梭而过。我们都停了。这时，冲锋号吹响了，我们向敌人奔去。突然，排长踩着了地雷。我一看，眼红了，跑到排长身边，猛地把他一推，趴在地雷上，地雷爆炸了，我也因此而光荣牺牲了。

我长大后，假如敌人又来侵略我们，践踏祖国的大好河山，那我将要报考军事院校，当一名真正的人民解放军战士，奔赴前线，赶走侵略者，不怕流血牺牲。

梦幻少年（初中）

1991 年 10 月 19 日　星期六　阴转晴

还是社会主义好

下午放学回家，家中无人，于是我将书袋放在门旁边，下楼准备去玩一下双杠。走到大礼堂门口，听见里面有人说话，好奇之下，推开门一看，呀！好多纸盒子，走到近前一看，只见这些纸盒子上写着"湖南澧县支援灾区"的字样，有的还写着"深圳罗河路小学""湖南长沙第一师范学校"等字样。透过这些纸盒子露出的缝隙中可以看到，里面装着的全是衣服、玩具、文具等东西，还有好多书，如《十万个为什么》《少年百科知识》《英雄少年——赖宁》等，我禁不住书的诱惑，想拿一本看看，但我想到这是捐给灾区人民的书籍，不能拿的，伸出的手又缩回来了。里面的工作人员发现了我，将我"赶"了出来。

在出来的路上，我不断地想着：如果没有优越的社会主义制度，没有良好的社会风气，别人对于灾区的人们，会怎么样呢？肯定是坐视不管、袖手旁观。还是社会主义好！

1991 年 10 月 21 日　星期一　阴

日记日记，天天都记

俗话说得好："日记日记，天天都记。一日不记，不成日记。"这句俗语中说的记日记一事，实际上就是说的坚持。说坚持，也就是说要有毅力。

毅力，对于干事情来说，可以说是非常重要。一个人想要办好一件事，必须要有三心：决心、信心、恒心。这里的恒心，也就是指毅力。南北朝时南朝宋的史学家范晔（398—445 年）所著的《后汉书·列女传》中记叙了这样一个故事：河南乐羊子之妻曾力劝其夫乐羊子勿中道而还，荒废学业。乐羊子即听其言，坚持不懈，终于修完了自己的学业。这就更加有力地说明了只要坚持不懈、持之以恒，不管干什么事都能获得成功；反之，如果你干什么事都不坚持，不持之以恒，那么你就不可能把这件事办好、办完整。

朋友们，让我们从现在就开始，培养自己坚强的毅力，请你永远地记住法国著名物理学家、镭的发现者之一，被世人称之为"镭的母亲"的居里夫人的这句名言吧："人要有毅力，否则，一事无成！"

1991 年 11 月 1 日　星期五　阴

这个实验成功了

今天下午放学回家后，到阳台上一看，看见那株栽在盛满泥浆水的罐头瓶里的大蒜，叶子已经黄了，全黄了，而根呢，则好像断了似的，短了许多。蒜瓣和 2 厘米左右的茎都已经空空的了。这充分地说明植物的生长需要无机盐，离不开无机盐。这个实验最后成功了。

但是，有一点与植物书不符：植物书上说栽在盛满泥浆水的瓶子里的大蒜过了几天后，仍是生长健壮，颜色鲜绿，而我的实验中，栽在盛满泥浆水的瓶子里的大蒜过了几天却有一片叶子黄了，后来叶子全黄了，根也断了。

1992 年 5 月 24 日　星期天　晴

杂草的功与过

提起杂草，农民就头痛。因为杂草不仅与农作物争光、争水、争肥，而且是某些害虫的滋生地和越冬的庇护所。更可恶的是，当害虫们在食料"青黄不接"的时节，柔嫩的杂草却帮助它们安全度过了缺食期。所以杂草长期以来，背上了草害的恶名，人们必欲置之死地而后快。

其实，杂草也有闪光的一面。古诗云："离离原上草，一岁一枯荣，野火烧不尽，春风吹又生。"杂草，以其顽强的生命力和旺盛的繁殖力著称于世，它还对人们具有很多方面的贡献。首先，它能够为发展畜牧业提供丰富的廉价饲料，我国的杂草品种很多，大多数含较丰富的蛋白质，柔嫩多汁，

易于畜禽消化。其次，杂草又是优质的绿肥，因极易分解腐烂，能起到显著的改良土壤作用。此外，杂草具有净化空气、调节气候、保护水土、涵养水源、释放氧气、消除噪声、杀灭细菌、美化环境等作用。从这个角度来看，杂草有功亦有过，而且功大于过。因此，早前人们把种草与栽植物相提并论。

1992 年 5 月 27 日　　星期三　　晴
永远记住这个难忘的日子
今天——1992 年 5 月 27 日，我将永远记住它，不会忘记。

"杨唐杰，你和向文军在第七节课时，去阶梯教室参加新团员宣誓大会。"班主任告诉我。顿时，我太高兴、太激动，甚至说不出话，只是喃喃地点了点头。

第七节课，阶梯教室。在学校领导、学生代表的目光的注视下，我和另外四十四名同学走上了大会主席台，高高举起右手，宣读了入团誓言。此时此刻，我的心情是多么激动啊！

入队、入团、入党是我一生中的三件大事。

入团是我从小就梦寐以求的事情。看到那些团员胸前佩戴着亮闪闪的团徽，我的心里是多么羡慕。从那时候起，我就想着若是有一天自己也能够加入共青团，那是多么高兴啊！从此，我就慢慢地改掉了自己的缺点，积极为大家做好事，努力学习、努力进取，自觉地向团组织靠拢。今天，我能够加入共青团这个先进青年的群团组织，我是多么自豪啊！

我会永远记住今天这个难忘的日子。

1992 年 6 月 8 日　　星期一　　晴
不要……
不要用烟圈装饰青春

不要把叼"小白棍"当作潇洒

不要熏黄了少年的纯真

不要让乌云去涂抹朝霞

不要在播种季节收割
不要在甜菜里栽苦瓜
只有在崇高的追求和拼搏中
才有青春的风采和真正的潇洒

1992 年 6 月 14 日　星期天　阴

"开卷有益"小记

"开卷有益"，这还要看开的是什么"卷"。诲淫、诲盗，低级下流的污秽品，还是不"开"为妙。

读不好的书，恰如交不好的朋友，是很可能将你我坑害的。

我们县有几个小青年，非常热衷于"开"一种"手抄本"，结果全都"开"进了刑事犯罪分子的行列，这是令人心碎的教训。

读一本好书，好像交一个益友，多"开"进步、健康、有益之卷，才能真正获益。

1992 年 6 月 28 日　星期天　晴

生　命

何必叹息，
何必流连。
悲欢离合总难免。
不要多愁善感，
不要长吁短叹，
夕阳西下，明朝还会东升。
擦干眼泪抬起头，
幸福人生自己追求！

1992 年 6 月 30 日　星期二　晴

今天我很激动

今天我很高兴，也很激动。

"杨唐杰，班主任要你去一下。"严芳对我说。咦，又有什么事？我想到，莫非……我怀着极不安的心情来到办公室。

班主任看见了我，挥挥手，示意让我坐下。"学校组织各个班优秀学生举行夏令营活动，我想让你参加，你看怎么样？"班主任用和蔼的口吻问我，我那沉重的心忽地轻松下来，原来是这等美事，我岂有不应之理，我说："好是好，可是……"

"还可是什么，答应就行了，我给你报名。好了，你可以走了。"

我转身刚准备走，班主任又说："你先别走，还有一件事我要告诉你：在夏令营期间，要举行作文竞赛和书法竞赛，我们班我想让李雅美和你参加，希望你们能在放假后加强这方面的训练，请你转告李雅美。还有，夏令营活动是从 8 月 1 日开始至 8 月 3 日结束。只需要带自己的生活费，其他的一概不用你们负责。记住：8 月 1 日上午 7 点在校门口集合，不要忘记了。"

我转过身，离开了办公室，心中思绪万千：作为优秀学生参加夏令营活动，这对我是多么大的鼓励啊！

1992 年 8 月 13 日　星期四　阴

天气真好

今天的天气一改以往的炎热，变得阴沉沉的，真好。久经炎热的日子，能遇到今天这样的好天气，真是"三生有幸"，天，阴沉沉的，窗外的树叶"沙沙"地响着，起着风儿，尽管风儿不大，但对于我们这群久久感到炎热无比、难以忍受的人来说，也已经十分满足了，这正应验了"知足者常乐"这句话。

阴沉沉的天笼罩着大地，使人欢畅，这样的好天气对于乡下那些早就快被炎热的太阳烤焦了的农民们来说，已经是一种享受了，使他们感到欢乐与愉快。

啊！今天天气真好！

1992 年 12 月 13 日　星期天　阴有大风

我要当作家

我要当作家！我在心中萌发了这个念头。

每当在我的身边发生一件不幸的事之后，我就会多愁善感，就会想：我能做点什么呢？对！我还能用手中的笔，写出他们的悲哀，呼吁人们的同情。这时，在我的心中就萌发了当作家的念头。

我要当作家！我告诉自己。我要用我手中的笔，去描绘五颜六色的人生，去描绘形形色色的人群（描写他们的真、善、美，抵制他们的假、恶、丑）；描写这世界的美丽与丑陋、光彩与黑暗，揭示人间的本质。

我知道，当作家难，当名作家更难，我要当一位名作家！

1993 年 1 月 3 日　星期天　小雨转阴

风雨中

风，呼呼地刮着，好冷好冷；

雨，哗哗地下着，好大好大。

风雨中，我独自一人孤零零地漫步在水道上，让刺骨的寒风钻进我的肌体，让滂沱的冷雨打湿我的衣裳，却总是在这大风大雨之中，向前、向前……

风雨中，我漫步来到大街上。街上的人依然是川流不息，道旁的松柏依然是苍苍翠翠。这暴风骤雨在他们面前，就像是臣子见了皇上、奴婢见了主子一样恭恭顺顺，绝不放肆。其实，这些风雨即使本领天大，在坚毅如铁的人们面前，又怎么逞得了强呢？

风雨中，我漫步到了乡间的小道上。睁开朦胧的双眼，向四周望去：农民们还披着蓑（衣），戴着（斗）笠，在田野里，打着赤脚踩在冰凉的水里劳动，那么专注，那么仔细，与平日没有两样，就像是根本没有下雨。一阵狂风吹来，一个农民几乎要跌倒，但他稳住脚跟，仍然站起来了，和他的同

伴一起劳动。这时的大风大雨已经对他们失去了威力，就像导弹遇到了更厉害的武器。

风雨中，我把自己的思绪也化作一阵风，随着它四散开去；我把自己也化作一阵风，跑遍了整个神州大地，看到了到处都是欣欣向荣、一派繁荣的景象，我想：若孙中山地下得知，他会高兴万分，因为他生前追求的就是这些。

风雨中，我虽然受到了寒冷的侵袭，但我更得到了知识和做人的道理。

1993 年 1 月 4 日　星期一　阴

从冬天的天气谈起

今年冬天的天气，较前几年，要暖和得多，大概是没有下雪，也没有刮过几次风、下过几次雨的缘故。

但是，今年冬天的天气好，也就告诉我们：明年农业收成不会太好，至少不会丰收。

为什么今年冬天天气这么好呢？这大概是上天对我们的怜悯，以为我们前几年都挨了冻，受了苦吧！其实，这种怜悯是不必要的，甚至我们可以这样说：这不是怜悯，而是对我们的扼杀和摧残；这不仅无益，而且有害。

人们都有这种心理，都是希望"冬暖夏凉"。不知道他们想过没有，如果真是这样，那世界将变成怎样一种模样。如果真的是冬暖夏凉，那就会造成农作物歉收，对那些以农业立国的国家，将会造成巨大损失，对于其他国家，也会产生损害。

因此，我们可以知道：每一件事物都有一个本质特征，如果这个本质被扭曲，那么就会产生不好甚至坏的影响，其最后所产生的结果就会改变。

1993 年 1 月 23 日　星期六　晴

摇　井

一口陈旧的摇井

立在那里

一动不动
像一根树桩

每一次
人们在摇把上使劲
摇上来的
是一桶桶的清凉水
是一桶桶的美好希望

1993 年 1 月 25 日　星期一　晴

回故乡

天空明朗、太阳高照。

我和爸爸带着对故乡山水和人们的无限眷念，回到了故乡。

走在故乡的大堤上，眼看着湖天一色的北民湖，我的心异常激动。故乡啊，你的儿子回来了！来看你来了！我回来了！

在故乡，我和爸爸受到了故乡人的热烈欢迎和热情款待。

我和爸爸是在耀庆姥姥家睡的，耀庆特意把他自己的床让给了我们，并盖了两床被褥。我和爸爸走到哪一家拜年，主人都要我们在他家吃饭、睡觉。故乡的每一个人都十分热情，都面带微笑。这正应验了那句古话："亲不亲故乡人。"这使我和爸爸十分感动。

尽管我们都不希望离开，但"天下没有不散的筵席""相聚终有别"，分别的时候到了，故乡的人们把我们送出了村庄，一直到我们走了很远。虽然我已经走了，已经离开了故乡，但我绝不会忘记你的，我还会再来看望你的。

1993 年 3 月 17 日　星期三　晴

我不会……

面对不理解

我不会痛哭流涕

面对不信任

我不会泪流满面

面对流言蜚语

我不会停住前行的步伐

面对不负责任的言辞

我会置之不顾、抛于脑后

面对流言和蜚语

我会把前进的步伐迈得更高

面对人间真情

我会不顾一切献出我的所有

1993 年 3 月 18 日　星期四　阴雨

致雷锋同志

——写在毛泽东题词"向雷锋同志学习"发表三十周年之际

如果

我是一架没有翅膀的飞机

那您就作为我的翅膀吧

让我能在"为人民服务"的天空中翱翔

如果

我是一艘缺乏动力的轮船

那您就作为我的动力吧

让我能在"为人民服务"的海洋中航行

如果

我是一列失去能源的火车

那您就作为我的能源吧

让我能在"为人民服务"的大道上行驶

啊

雷锋

您就是我"为人民服务"的翅膀

就是我"为人民服务"的动力

就是我"为人民服务"的能源

1993 年 3 月 24 日　星期三　阴

幻　想

心中总有许许多多的幻想。

幻想得到自己希望得到的东西，然而却总是失去。

幻想干成自己想干的事情，然而却总是失败。

经历了许多次诸如此类的反复，自己才明白：一生之中，仅仅靠幻想是不够的。要想出人头地，不仅需要有幻想，更需要实干的精神。

然而我也明白，人生中确实需要幻想。于是，我把幻想与实干结合，想之后再干，干之后再想。如此做之后才有我今后的成功！

1993 年 3 月 25 日　星期四　阴

我们不会忘记

今日奶奶七十寿辰，为此，吾特赋诗一首以贺。

虽然

今天您已七十

但我们

永远不会嫌弃

虽然

您的身体已经衰老

但您的精神

都胜过您自己

虽然

您的故事已成为历史

但我们

永远也会牢记

1993 年 4 月 28 日　星期三　晴

我要当作家

"我要当作家！"我告诉自己。这并不是我一时的冲动，而是我长期以来的思想感情的倾泻。

刚开始识字的时候，我就十分喜欢看书，特别是文学作品，当我看到好作品，我心里就十分羡慕那些作家，心中就萌发了当作家的愿望。

随着年龄的增长，年级的升高，出现了作文课。因为我平时坚持写日记，坚持练笔的缘故，我的作文写得比较好，语文老师经常表扬我，这更激发了我的写作的欲望，想当作家的愿望更加强烈了。

进了初中之后，我看了更多的文学作品，心中更加羡慕那些作家，想当作家的愿望更加强烈，我正式把当作家列为我的三大理想之一（企业家、作家、数学家）。

我知道，当作家很难，当个名作家更难，但我更明白，人的一生不能庸庸碌碌而过，人生很短，正因为短才必须活得精彩些，而人生要想精彩就必须多些艰难，多些困苦，只有经过磨炼才会有伟大的人生。

既然当作家是我的理想，我就会努力去实现它。我想，我一定会成为一个好作家、名作家。

1993 年 5 月 10 日　星期一　晴

落　叶

秋天，树叶黄了，枯了，快要脱落了。

枯黄的叶子离开了枝头，在风中飞舞着，它对世界还是如此的留恋……

假如我是落叶，我愿意很快地落在地上，又很快地被雨水融化，然后钻进又黑又香的泥土里，尽情拥抱这些有大有小、有粗有细的树根，衷心地对它说：

"你快生长吧，生长出更多绿的叶子，我把自己的全部都献给你……"

1993 年 5 月 11 日　星期二　晴

生活两则

一

生活像是蜿蜒于山间的小径，坎坷不平。

沟崖在侧，摔倒了，要哭，你就哭吧，不必装模作样！这不是气馁！因为它不会妨碍赶路，哭一场就能添一分小心。山花烂漫、风景怡人，陶醉了，要笑，你就笑吧，不必故作矜持！这不是骄傲！因为它不会妨碍赶路，笑一次就能添一分信心。

生活中，要哭就哭，要笑就笑——只是别忘了赶路。

二

生活有时会很残酷，尽管它原本是十分美好的。

有时生活残酷得不可思议，令人难以想象，很可怕，非常恐怖。然而它在生活中总不可免。

我们都要拿出勇气面对这一切，面对生活。有人说，生活就是一面镜子，你对它笑，它就对你笑；你对它哭，它就对你哭。所以，我们都应该笑着面对生活，面对这世界的一切。

1993 年 5 月 22 日　星期六　晴

窗外有一棵大树

教室的窗外，

有一棵大树。

它长出的叶子，

像绿色的耳朵。

它和我们一起，
听老师讲课，
听我们唱春天的歌，
听我们收获的欢乐……
——它在听，在听
未来自己的脚步，
祖国的嘱托！
我想对大树说：
你，是我们中间的一个！

1993 年 6 月 13 日　星期天　晴

好多书

　　下午回家，发现奶奶房间堆了好多书，都用包书纸包着，我心中疑惑，什么书？走到书堆边，拿起一本散着的一看：《学习的诀窍》。于是我明白了，爸爸的书出版了！我心里好高兴！

　　四年以前，爸爸就有一个愿望：给中小学生写一个心理学通俗读本，为他们讲一些学习的方法。今天爸爸的愿望终于成为现实，不知道他怎样想，我想一定也很高兴，看着自己的愿望成为现实，又会为社会创造一笔精神财富，爸爸能不高兴吗？

　　四年以来，爸爸已经在儿童教育心理学领域进行了广泛的研究，取得了丰硕的成果，发表了四十多篇学术论文，出版了四五本专著，可谓硕果累累。我们全家都祝愿他今后在自己的事业上取得更丰硕的成果！

1993 年 6 月 15 日　星期二　晴

寻找方位

　　每一次

我将自己的心迹

敞开在文学的殿堂里

在这里寻找自己的方位

然而，却总是迷离……

1993 年 7 月 1 日　星期四　晴

我写了许多日记

我常写日记，因为我爱写。

我写了许多日记。自 1987 年以来，已经写了七个日记本，算起来有两千余篇。

我所写的这些日记，除了前期的两个小本和剩余的五本中极少一部分是用我手中的笔写成的以外，其余大都是用我的鲜血和热泪铸成的。

原以为这世界的空间很丰实，有时却也感到很空虚；原以为这世界的人们很和睦，有时却也感到无法忍受；原以为这世界的人际很友好，有时却也觉得很残酷；原以为我会成为世界的宠儿，它却把我永远抛弃，越抛越远，再也找不到来时的路，再也不知道"路在何方"……

于是我在日记里发表我的见解、我的哀叹和我的期待。我曾想发明一种机器，去掉人类头脑所有的肮脏的东西，只留下美好、高尚的品格，可惜，这不可能，永远只是一个梦想；我也曾想用武力消除这世界所有危害社会的渣滓，可这同样不现实，比梦想更离奇……

现在，我还在写，我想，将来，我一定会写下去。

1993 年 7 月 2 日　星期五　雨

路在脚下

天与地的焊接处是一片灰蒙蒙的空白。空白中游荡着一个孤独的身影。

我前行在天地焊接的裂缝处，足音惊动了芦苇丛中思索的雁群，凌空身子向天际的一刹那，落下了惊腾的吱嘎，沉思散布于我的每根脑神经。

我知道，每一条路的开始，并不是铺着六角砖、青石板之类的，而是一

片坑坑洼洼，荆棘丛生。路人在遭受了一次次的跌痛之后有人终于悟出：没有铺路石，哪有平坦之路。

曾经，有许多远方朋友把对我的信赖托绿衣使者交付给我，敞开着他们的心扉。一个高考落榜生，给我讲了一个故事。他说许多人在一个炎炎夏日都争先恐后、焦头烂额地去挤一座独木桥，他也加入了这股人流，结果，他被挤下了桥……虽然是夏天，但他的心很凉很凉。他讲的故事向我诉说了他那悲观、失落的心情。还有一个女孩的来信，长长的诉说，满篇的凄凉，字里行间凝聚着她的泪水。眼前尽是那女孩流着泪写信的情景。最后，我用最真诚的感情给她写了一封数千字的回信，向她解说。她在回信中说了一句甜甜的"谢谢"。

我曾经也有过被荆棘刺破皮肤、被石头磕着膝盖的痛苦，但我有一个信念：哪怕摔得再鼻青脸肿，只要我有一口气，我就要站起来走下去。我没有任何理由去抱怨路的不平，因为，大雁的凌空不正是它们自己选定的方向吗？铺路人的默默无闻不正是他们的追求吗？

路，在每个人的脚下。

1993 年 7 月 4 日　星期五　阴

歪脖子树

分明栋梁材，

零落路旁栽，

为何遭小看，

皆因脖子歪。

1993 年 7 月 12 日　星期一　晴

人　生

人生就是一个不断抗争、不断奋斗的过程。在这个过程中，风和日丽、一马平川是很少的，更多的倒是艰难、曲折，因此一个人要想成就一番事业，没有不怕挫折、不畏艰难的意志是不行的，必须迎难而上。

　　但是，迎难而"下"也不失为一种明智的选择。有人也许会说我说话自相矛盾，前后不一致，但我却不这么认为，迎难而上固然是可贵的、必须的，但如果即使你迎难而上了，付出了平常人几倍，甚至十几倍的心血和精力，都没有完成你想干的一件事或工作，那我劝你：不妨退下来，细细地想一想，想好后去换一件事、换一门工作。因为也许你根本不是干这行的料。

　　有个人原先是一名演员，尽管她为自己的演艺事业付出了很大努力，但却怎么也干不好。她经过细细思考之后，转行当了作家，结果仅仅两年时间就享誉全国。因为她意识到了自己不具备当演员的条件，不是干演员的料。

　　因此，知难而退也是必要的。这就是人生的辩证法。

1993 年 8 月 7 日　星期六　晴后有雨

雨　趣

雨是个有趣的东西。

　　一阵电闪雷鸣之后，雨来了，狠狠地打在砖瓦上，轻轻地敲击着我的窗户。

　　雨点开始打在砖瓦上面，马上就消失了——被它"吃"了！雨点后来大了些，快了点，砖瓦来不及"吃"，一会儿，就全湿了。雨点敲在窗户上，一会儿就形成了许多条水柱，像是"银河落九天"，好看得很，只是挡了我的视线。

　　我透过玻璃上幸存的几条缝隙往外望去，好大的雨哟！外边的房屋挺立着，大有一种"我自岿然不动"的气势。雨点儿泄气了，又向另外的目标去攻击。

　　我惊疑地发现：在这大雨中，竟还有人在路上走动，但在其中定有一份别样的惬意，我这样遐想。

1993 年 8 月 10 日　星期二　晴

希　望

春天走遍大地

山川沁绿

百花争芳斗艳

春水漫涨

乐坏了

困了一冬的鱼虾

搅起池塘层层涟漪

······

且看那荷锄的农人

赤着脚

耕耘在肥沃的土田

只等春雨一到

便将一年的希望

撒向瞳瞳绿原

1993 年 8 月 11 日　　星期三　　阴有风

异乡观月

圆时为镜

却瞧不见故里容颜

缺时为船

却不能乘风返家园

清辉虽美好

只能编织梦摇篮

说是团圆象征

却总那么遥远

1993 年 9 月 2 日　　星期四　　晴

面对"泡汤"

去一中终于泡汤。原因是二中方面不肯放，而一中又只答应借读，会留下"后遗症"，迟早会有麻烦，算去算来划不来，于是只好作罢。我为之叹惜，但不灰心，更不万念俱灰，昨天我已到二中王老师那儿报了名，今天开始上课。

我深知：环境可以造就人才，也可以毁掉人才，一个人要想把学习搞好，外因和内因都会有影响，而起决定作用的则是内因即人自身的因素。外界条件够好，而人自身的因素，如努力程度、认识等不好，也是不可能把学习搞好的！一中的环境固然好（如师资力量、仪器设备等都是全县首屈一指的），但也不是每个人都考上了大学；而二中虽然相对来说条件差一些，但每年考上大学的人数并不比一中少，有时甚至超过它。其实，看穿了也就那么回事，去不去一中不是最重要的，环境可以造就人才，也可以毁掉人才，我还是那句老话。

我不灰心，亦不后悔。

1993 年 10 月 10 日　星期天　晴

方法重要

方法，是一个很重要的东西，干任何事，都不能没有好的方法。

有些人，学习成绩不够好，其根本原因往往不是不够努力，而在于没有掌握正确的、科学的学习方法。这个教训是惨痛的。

方法，对一个学生来说，是极重要的，甚至可以这样说，不论你多么努力，如果不掌握正确的方法，你也永远不能把学习搞好。

就是考试时，不掌握好的考试方法，无论你的知识装得怎么多，你也不会考好。

而我，就是这样的，上期末的物理考试，我由于不按正确的方法办事，先做难题，等把几个题目想出来，时间已所剩不多，而大部分题目还未动笔。结果，搞得手忙脚乱，本来会做的题目由于慌张，失了好多分。

未来的文盲不是不识字的人，而是不会学习即没有掌握正确的学习方法的人。我想大家都不希望自己成为文盲吧，因此，我们必须掌握正确的方法。

1993 年 10 月 26 日　星期二　阴

蚊　子

我放在铺开的稿纸上的手背上，忽而停落了一只高脚蚊，在这南方的秋的寒夜里，也有来觅食的虫儿！我没敢挪动那手，报偿它不畏寒夜的精神。

它静静地泊着，那根针嘴插在我青筋连连的皮下，看着那小生灵悠然颤动的翅膀和渐渐鼓起的肚皮，我忘了手背轻微的麻痛。蚊子苍白的肚皮鼓胀后的身体，跟我手背构成的角度也一点点减少着，有些难以支撑自己的体重了——终于掉到我的稿纸上！安于享受成功，竟忘了自己的危险。这沉甸甸的苦尽甘来！

轻轻按死它，我那纸上绽开了一朵火红的小花，我保留了那纸，作为一种提示：当我历尽艰辛终于找到一点成功的血液时，一定不要忘了自己的处境；在尝到一点甜蜜以后，别忘了张开翅膀奋飞；不然，安享成功会毁了自己，像蚊子那样被压倒在地。

1993 年 10 月 27 日　星期三　阴

谈认真

我们必须认真。

认真，是一把魔伞，具有非凡的力量，它使人的潜力充分发挥，能耐极大显示，使事情由难变易，由繁变简。认真的人，做任何事都是容易的，无论它实际上多么难，不认真或不很认真的后果是显而易见的：干任何事都难以成功，不管它其实怎样容易。因此，甚至可以说，是否认真，是我们平常办好事情的关键。

为什么有些人年纪长了一大把，做的事却幼稚得很？就是因为没有认真，没有用心。如果用心了，认真了，做的事不可能和小孩儿做的一样。

我们中的大部分同学学习成绩不好，往往不是因为不努力、不刻苦，而是不认真、不专心，上课不专心听讲，下课后不认真练习，课后不好好复习，这样是很难把学习搞好的。

　　以前，我对学习抱着无所谓的态度，可以说是很不认真的。上课或者讲小话、玩小玩意儿，或者乱写乱画……课后把别人的作业拿来一抄，结果是：在相当长的一段时间内，我的学习成绩一直处于下游。

　　后来我懂得了学习不仅要努力更要认真的道理，暗暗下了决心，要改掉以往学习不认真、敷衍了事的陋习，认认真真、扎扎实实地对待学习，结果不到一年，我的成绩就赶上来了，跻身优秀之流，这是个例子，它说明了：学习是要认真的。

　　为什么学习必须要认真呢？

　　因为知识的问题是一个科学问题，来不得半点的虚伪和骄傲。而要做到不虚伪和骄傲，就必须认真、专心致志。只有认认真真地对待学习、进行学习，才能把学习搞好。否则，马马虎虎、敷衍了事、吊儿郎当是不可能把学习搞好的。

　　所以，我们必须认真，从思想上、行动上做到认真，绝不马虎。

1993 年 11 月 1 日　星期一　晴

过去的一切

　　不过是一场梦而已，过去的一切。

　　仿佛刚刚从梦中醒来，带着惺忪的眼神，疲惫，闪着灵气。刚做完一场噩梦，战战兢兢的神态还有一丁点恐惧和悲哀。

　　那夜，听说你要走，挽留不住，我为你送行，走了一长段路。彼此没有张口。你忽然呼了一句："过去的一切，你都能忘却吗？"我未多想，竟点点头，你的眼里噙了一眶泪水。

　　船开了，载着你，载着我的心，驶向天涯。

　　过去的一切，我真的能忘却吗？不能的，那次是我在骗自己，至少我们的过去我永远不会忘的。

　　岁月慢慢地消磨，渐渐地逝去，过去好多的人和事却恰恰地在我的记忆里消失，然而，你——在我的心中的形象愈加坚定，愈不可摧，我常常试图让自己忘记你，然而总做不到；即使一会儿忘记了你，过一会儿又进去了我

的生命中。

过去的一切，不过是一场噩梦而已，属于我们的一切都是我永不能、永不会忘的。

1993 年 11 月 3 日　星期三　晴

不要忘记

一件事情成功了，或者作文获奖了，人们往往只注意鲜花，却忽略了成功者的奋斗。这里，我要说：成功是奋斗得来的，请不要忘记。

成功的花，是用心血浇灌而成的，是奋斗的成果。

不经过奋斗而获得成功是不可思议的，也可以说是不可能的，即使偶尔会成功，但也是不完整的。真正的成功，是建立在一贯的奋斗上的。

成功，是奋斗的花，请不要忘记。

1993 年 11 月 4 日　星期四　晴

我会更加努力

中午爸到邮局把那个包裹取回来了，打开一看，是一个旅行袋，还有一个荣誉证，上面写着："杨唐杰，你在全国中学生热点自由谈作文竞赛中荣获一等奖。"起先，我不大相信；后来终于可以确定无疑了。

我很高兴，我承认。试想，你获得这样的荣誉，会不高兴吗？我想你一定也会高兴，多年辛苦奋斗结出了硕果，孜孜以求的事情得以实现，能不令人高兴吗？鲜花，毕竟是令人欢快的。

我很高兴，但绝不自负。我很明白，成功和成绩只属于过去，只是过去的硕果，只能献给过去。我脚下的路，还很长、很长。多年来，我一直希望自己成为一名作家，一名小作家、校园作家，今天我获得了一点点进步，是自己奋斗的结果，也是老师哺育的结果，我只能说，我向自己的目标又靠近了一步。

我绝不止步，我还要努力向前攀登，攀登那个不断高升的山峰。

我会更加努力，永不停息。

1993 年 11 月 6 日　星期六　晴

十四岁的思考

睁开迷茫的双眼，

打量着大千世界，

人生的旅途啊，

是否有白昼，也有黑夜？

路漫漫，无疑；

路坎坷，肯定。

不必犹豫，不必胆怯，

扬起理想的风帆，

勇敢地将明天迎接！

1993 年 11 月 7 日　星期天　阴

感　觉

天是灰色的

云是灰色的

地是灰色的

路是灰色的

在这灰色的世界

走出两个孩子

一个鲜红

一个淡绿

1993 年 11 月 12 日　星期五　晴

笑到最后的是笑得最好的

虽然没有食言，今天的考试比昨天好一些，但相比之下，物理又比数学差些。

数学，我的成绩一向不弱，再加上题目简单——全班公认的，自是不必担心，120的总分，115是蛮有把握。

但物理的状况就不那么令人乐观，从和同学对的答案来看，错了两个计算题，再加上其他的，大约只能打到八十几分。

总之，今天考得都还比较好，有信心搞好明天的考试——笑到最后的是笑得最好的。

1993年11月13日　星期六

并不动人的故事

"咦！你怎么起了水泡？"正缝着我的夹衣的妈妈拿着针吃惊地指着我的右手的食指问道。

"我也不知道。"我答道，"不知是什么时候出来的。"

"等会儿我拿针把它戳一下。"妈妈说着又继续做她的针线活儿了，我也继续写日记。

"来，我给你戳一下。"妈妈不知何时忽然拉着我的手。

"不！不！我不要戳，戳得疼！"我一边叫着，一边躲进"防御工事"——抽屉里。

"来，我戳一下！不疼的。"妈妈像有些恳求的。

我仍是躲，一边叫着。

"不要紧的，真的，一戳就好了。"妈妈的语气中既有恳求，又带着严厉。

"好，我自己戳。"我不想激怒妈妈，接过她手中的针，轻轻向那小小的血泡一戳，我把左手指放到上面，一压，没有血出来，说明没有戳穿。

妈急了，夺过我手中的针，轻轻而又有力地、准确地一戳。就好了！浓浓的血水就流出来了，看来真的一点也不疼，我后悔。

妈缝好衣服睡觉去了，我坐在写字台前记下了这则并不动人的故事。

1993 年 11 月 16 日　星期二　阴

我的朋友观

谁也不能离开朋友，我常这样想。

谁也不是生活在没有朋友的真空地带。著名探险家鲁滨逊找到一个物产极丰富的小岛后，终因无人居住、无人可做朋友而弃岛离去，况且我们这些凡夫俗子。我更是这样。

我没有任何的特殊本领和特异功能，同样也需要朋友的帮助。我的身边确有许多朋友。他们有一个共同点：在我得意、辉煌的时候就来找我，来巴结我，来奉承我，在我失意、真正需要帮助的时候，又一个个离我而去。

我很悲伤，又无可奈何。人各有志，不能强求。

我很想摆脱那些我的所谓的朋友们，但我办不到，在某些地方我还要倚仗他们。因为我，不是圣人。

"朋友多了，路好走。"对我毫无帮助，甚至会有反作用的人，我不但不和他交朋友，甚至连起码的交往也不做。这应该也是"孤傲"的一个体现。有人说我是孔乙己式的自命清高，我以为不是，但不打算开辩论会。

1993 年 12 月 2 日　星期四　阴有小雨

人生的路

人生

是一部书

书中的内容

全由自己填满

世上的路

很多很多

但可以到达"罗马"的

却只有几条

1994 年 2 月 1 日　星期二　阴

失　败

失败，是一颗苦果，它没有成功的鲜花那样诱人。但是，每个人都不可能避免失败。

每个人都曾经失败过，不管他获得多么大的成功，真正的常胜将军是不存在的，任何人都是跨越了失败的阶梯之后才达到成功的顶点的。

失败的承担是需要勇气的，具有勇气的人，能够勇敢地跨过去，最终达到成功；而那些胆小的怯懦者则在失败的打击下一蹶不振，碌碌无为。

失败能给人以启迪、以教益、以教训，最后才会达到成功，但它是苦的，正因为苦才会有甜。

1994 年 2 月 21 日　星期五　阴

今日猜字有感

上午，爸给我改文章，准备去投稿。手稿是用铅笔写的，字有些潦草，颇为模糊、难认，爸就要我念给他听。真是又好气又好笑，我自己写的字，自己都不认得。只好去猜，出了不少洋相，如将"显得可悲"猜成"是可悲"。后来，爸检查我的日记，又出了个笑话，竟将"安稳"猜成了"安信"。

今日猜字，真是好笑。但笑过之后，给我敲了一记警钟，让我以后再也马虎不得。正如爸所言："语言、文字是人们进行交际的主要工具"。所以，字要写好，虽然不要求做太多的讲究，不要求写得和书法家的手迹一样美观，但至少要写得工工整整、规规矩矩，要让一般的人能够看明白、看懂。

广义的猜字，不仅仅是对某个字不认得而猜，它还包括摘抄别人的诗文、语句，不加注释之后的猜，这是做学问的大忌。真正的做学问者，不仅仅善于摘抄别人的诗文、语句，而且善于注明出处，加以解释。不然的话，如果以后要看原文，不知道出处；要理解其意义，不见解释怎么办呢？那不又要急死人，又要和今天我一样实行"猜字主义"了，而这个猜，对于做学问来说是极不适宜的。学问，要货真价实。

其实，这种"猜"所表现出的马虎、不认真、粗枝大叶的态度不仅对于做学问不相宜，对于任何事都是不行的。这是每个人都明白的普遍的真理，不管在任何时代、任何地区都适用，但是，并不是每个人都能从中受到教益。

1994 年 4 月 1 日　星期五　晴

挤上桥……

后天，全国初中数学联赛就要开赛了，我将和全国数十万和我同龄的少男少女一起去挤这一次只能容几十人的铁桥，现在我已到了正桥边、引桥上。桥，自然是非上不可。但怎样去争取，怎样去战胜和我一样也急于上桥的对手，我不知道，也没把握。

为了争取上桥，我曾经艰苦磨砺，也曾卧薪尝胆。现在，到了桥边，我却有些紧张。我在想：万一，我失败了……

谁能总是成功？谁能是常胜将军？没有，真正没有。浩浩荡荡数十万人去挤桥，而桥一次只能容几十人。有人幸运地挤上去，有人却在一旁叹息，能挤上去的固然是幸运者，没挤上去的也不见得很坏。增长一分见识，扩大一点听闻，为下一次挤桥奠定好基础，我以为也是成功的。

当然，我更希望，我能战胜一些对手，争取到一个上桥的机会，我会努力。

1994 年 5 月 19 日　星期四　晴

读闻一多《红烛》后

远古时代有一代匠人
一生制了无数支蜡烛
有次手指被生活割破
那天就是红烛的诞辰

黑暗糊起茅屋的苦涩
红烛宛如竖着的手指

血滴在敲打他的桌子

匠人死了，还没燃尽夜色

1994 年 7 月 2 日

我爱写日记

我常写日记，因为，我爱写。

我是自 1987 年上二年级的时候开始写日记的。从那时一直到现在（写此文为止），七年多了，从未间断过。两千多个日日夜夜，每天一篇，每篇二百五十字（平均），算起来起码有六七十万字了。在我眼中，这还是比较乐观的事。

写日记，是一种享受。把自己心中的感情抒发出来，这实在是一件相当愉快的事情。有些人喜欢将感情压抑到心中不得发泄，我却喜欢将它们抒发出来，以"泄"为快。

每天，半夜三更夜深人静的时候，我躲在书房里，奋笔疾书，把心中的情感顺着笔尖流淌、宣泄，这是多么美好的事啊。

特别是过了一些时候，再看自己以前写过的日记，顿觉是那么幼稚，那么好笑，有时还会忍俊不禁，又是多美好的事情啊。这难道不是种享受？

写日记，有时又很"痛苦"。有时候，时间很晚了，刚准备睡觉，突然想起日记还没有写，又只得爬起来去写上几句。

写日记，不管是享受，还是"痛苦"，都已确确实实成为我生命、生活中的一部分。这些血与火的结晶，热情与鲜血铸就的文字，我将继续这样写下去。

1994 年 7 月 8 日

忘不了

初中三年的生活已经结束一个星期了。而我怎么也忘不了我和我的朋友们这三年的同窗生活，怎么也忘不了朝夕相处的朋友们，特别是她——酷似男孩的女孩。

　　我和她的相处没有多少风平浪静、风和日丽的日子，几乎每一天都是在"打打杀杀""吵吵闹闹"的"江湖恩怨"中度过的。我们之间，有时是短暂得不能再短暂的和平，更多的是绵延数天的"战争"，要么就是一连几日沉默。然而，我却怎么也忘不了她——一个皮肤黝黑，梳着分头、酷似男孩的女孩。我想，即使到了将来，我两鬓苍苍行将就木的时候，即使我走到天涯海角宇宙尽头，即使我忘记了其他的所有的人，我也绝不会忘记她，我会永远记住她——我的朋友和对手，在我内心深处。

　　她并不像现代大都市的摩登女郎那样光彩照人，皮肤并不白皙，身材并不高大，模样并不俊俏，衣着并不华美，并没有丝毫的特别之处。但是，她有一种特别的魅力，足以吸引任何人。

多彩青春（高中）

1994 年 9 月 1 日　星期四　晴

今天开始我是高中生

今日格言：无端地浪费时间无异于谋财害命。

　　如果有一天，某人要为我作"传"的话，他是应该把今天写进去的。

　　从今天开始，我正式由一名初中生转变成了高中生，使我的思想认识、知识水平达到一个新的境界，今天，上了一个甚至几个台阶，我的人生之中竖立起了一座新的里程碑。

　　在初中，我还只能算作一个不谙世事的小毛孩。其间，曾有过许多劣迹，犯过不少错误，也得过一些荣誉，获得了一些成绩。初中三年，有欢乐、也有忧愁；有喜悦，也有悲伤。

　　我时常因为一件小事不如愿而闷闷不乐，也曾经由于一个小小的成功而欢喜欲狂。在初中，我浮躁、狂妄，也沉着、谦虚，遇到过几个好老师、真

朋友，也结交了几个"坏"同学，受过几次"刑罚"。

毕竟，这一切都已经过去了，正像看完的一页书翻了过去，新的一页又翻开了。缅怀过去是必要的，但更重要的是重视现在。今天是昨日的延续，是明天的开始，为了光辉灿烂的明天，让我们携起手来，共同前进吧！

1994 年 9 月 10 日

梦中行

在缓缓摇动的梦里
有一对行星
似乎没有定轨
只是时远时近

在世界的一个角落
我们肩并着肩看过星河
山风在我们的身边穿过
草丛里流萤来往如梭
我们静静伫立
高兴着，有你有我

1994 年 9 月 25 日　星期天　阴

我愿变作一只小鸟

今日格言：只有伟大的思想，才会产生伟大的行动。

我愿变作一只小鸟，
离开妈妈的怀抱，
自由自在地飞翔。
妈妈，别伤心，
别烦恼，
小鸟的羽毛已经丰满，

它，

总要离开你，

与蔚蓝的天空拥抱。

妈妈，

小鸟会回来，

只要小鸟的翅膀已经强硬，

总有一天，

小鸟会回来为你梳理羽毛。

1994 年 9 月 26 日　　星期一　　晴
这是谁的车

咦！这是谁的车？我疑惑了，正想着，人已到了家门口。把车子掉过头，还没推进去，就见客厅的椅子上坐着一个陌生的男人，五十六七岁的样子，正和爸爸交谈着。见我回来，他们都抬起头来，爸说："这就是湘潭的熙固伯伯。"哦，这就是熙固伯伯！我不禁一诧。"这就是熙固伯伯的二老，马爹和贤爹。"我一扭头，沙发上正坐着二位老人，须发皆白，看样子年纪不小了。

在我的记忆中，这似乎是有生以来第二次见到熙固伯伯（第一次是在1982 年），马爹和贤爹则是第一次见到。我听说熙固伯伯是湘潭钢铁公司技工学校校长兼书记，公务繁忙，事情很多，现在能抽空回老家来看看，实在是可喜的。祝愿熙固伯伯及马爹贤爹能够在家乡玩得愉快，祝愿他们永远幸福、永远快乐。

1994 年 10 月 5 日　　星期三　　晴
学会宽容

宽容，是一种洒脱。

人生在世，难免会遇上是是非非，不介意往日得失，不介意谁是谁非，

宽容一回，又何尝不好？谁无小错？既已铸错，喋喋不休唾沫如星，何苦而来？为何不想他人之苦衷，忘己之得失？

假如自己于路上，跌了一跤，然后从容地爬起来，拍去身上的尘土，对过去挥挥手，义无反顾地朝前走，这也是一种宽容。是非总有公论，庸人的诽谤竟然阻止你前进的步伐，实在没有必要。冷眼、羞辱、富贵不在，哼着《沉默是金》，依然我行我素，因为我学会了宽容。

时下流行一个新名词叫"潇洒"，不少文人雅士也高呼"潇洒"。殊不料，为了一些鸡毛蒜皮的小事斤斤计较、纠缠不休、尔虞我诈的有之；遇上挫折就丧失斗志、痛苦不堪，如陷淤泥，不能自拔的有之。这些人我实在不敢恭维，根本算不上什么潇洒之士，只能说是这些"正人君子"的庐山真面目罢了。

古人云："宰相肚里能撑船。"多体谅他人，每人心坎中都存有一丝友爱，这个世界也就不至于"云雾缭绕""战火不息"了。

宽容，不仅是一种心灵思想上的解脱，更能显示一个人的气质与风度。

所以，要学会宽容。

1994 年 10 月 21 日　星期五　阴

"根"

读书要有"根"。这是先贤的一种学习经验。意思是说：精熟一本书，此本书便是根，可以触悟他书。

仔细想来，很有道理。植物有根，才能发芽、生长、开花、结果，不断发展。根，有繁殖再生的能力。读书也是，读一本书，精熟了，就可以举一反三，左右逢源，触类旁通。

植物的根越多，扎得越深远，就会长得越牢固，吸收的营养越丰富，就会干壮、枝密、叶茂。在读书学习上，只有扎扎实实地读几本书，根长得多了，扎得深了，才能有所创造，有所发现，有所前进！

1994 年 11 月 23 日　星期三　阴

路与腿

有一条路

很长很长

有一双腿

很沉很沉

用它去量

路就很短

1995 年 3 月 3 日

窗　口

假如天空是一片蔚蓝的大海

月亮就是一只银光闪亮的小舟

我愿驾起飞船去访问嫦娥

邀她一同到天堂去遨游

假如银河是一匹发光的锦绣

星星就是一只只彩色的绒球

我愿用锦绣和绒球做一套衣帽

送给织女，和她交朋友

啊！我多么希望探索宇宙

去把外星人的秘密寻求

我知道科学能把理想变成现实

我的书本就是窥视天外的窗口

1995 年 3 月 4 日

非常激动，难以平静

我是个怪孩子。大家都这样认为，甚至包括我自己在内。一个最主要的表现即在我的性格：有时坚强，有时又很脆弱。

当别人向我抛来冷眼或者挥来拳头的时候，我常常表现得很坚强，绝不屈服。

当困难向我袭来、挫折向我扑来的时候，我往往是非常顽强，不肯低头。

然而，在我的性格中也有脆弱的一面。

那天，老师让我念一篇文章，题目叫《爷爷，又是年三十了》。我先看了一遍，看着看着勾起了我对于曾祖母的无限回忆，情绪非常激动，难以平静。我只得对老师说声"对不起"。

看电视剧《法官潘火中》的时候，当看到潘为了工作外出迟回家后收到父亲已故的电报的镜头时，我都禁不住要哭，忍不住流下了眼泪。

我不知道自己的性格是好还是坏，但我只知道我是怪孩子，有时很坚强，有时很脆弱。

1995 年 3 月 5 日　星期天　晴

也许我很狂

也许，在别人眼中我是狂孩子；也许，在别人意识中狂是一种不美的德行。但我，却自有我的理由。

对于别人的一种无聊的、完全无趣味的取闹，我常常是拂袖而去，于是，这些人便觉得我很狂。

别人对于某个人的近似于肉麻的吹捧和夸大其词的称颂，我往往会不认同，所以他便认为我很狂。

别人来问我准备做出一个怎样的成绩来，我常常会蹦出一句："把七十七班踩在脚下。"于是，大家都认为我太狂，简直不可理喻。

可我却以为，这样的狂，还是多一点好。我的座右铭就是"谦而不虚，狂而不傲"。

1995 年 3 月 6 日　星期一　晴

达到理想的彼岸

为了找到最高的山峰

不愿低下不屈的头颅

为了达到理想的彼岸

宁愿独自走向寂寞的旅途

1995 年 3 月 14 日

人生是等待

关于人生的概念，有些人讨论了很久。有人说人生是场梦，有人说人生是出戏，有人说人生是奋斗，有人说人生是索取。我却以为，人生原本就是等待。

人的一生就是在冥冥等待中度过的。年幼的时候，等待成年；成年以后，等待年老；年老之后，等待死神的降临。你看，人的一生不就是一场等待吗？

既然每个人的人生都是场等待，那么对于我们——正值风华正茂的莘莘学子来说，所等待的应该是什么呢？我以为，等待的应该是成才、学习上的成功。只有这样，我们才能无愧于我们的年轻时代，才能无愧于人生，无愧于自己。

人生是一场等待。只有每个人都尽自己的一份力，我们等待的结局才是累累硕果。

1995 年 4 月 6 日　星期四　晴

不可捉摸的微笑

老师挟着昨天考试的试卷，带着一脸不可捉摸的笑容，走进了教室。我的心"咯噔"跳了一下，今天要发卷子？要知道，昨天的英语考试，我可是真的砸了锅呀。

上午第三节是英语课。第二节一下课后，老师就迫不及待地进了教室，

手里还拿着一摞英语试卷。我们一下都慌了神，匆匆忙忙掏出书本来，紧张地不停翻动着。

试卷终于发下来了。打开笔帽，开始紧张地做题。时间很快过去了，我们都交了试卷，老师脸上又露出了那种不可捉摸甚至比先前更甚的微笑，带着一点点的"狡黠"，走出了教室。

答案卷发下来了。我的分数不高，不过在班上还名列前茅，当我抬起头来，又看到了老师那不可捉摸的微笑。

1995 年 4 月 7 日

"德"永远是第一位的

阿里和泰森都是一代拳王，好多次打败挑战者，而荣膺"世界重量级拳王"的桂冠。这，可以说是众所周知的；但两人在个人生活、性格上有哪些差别呢？这恐怕就不是大多数人知道的了。我也是看了《阿里和泰森》一文后才知道的。

文中说，阿里和泰森在个人性格、生活方式上大相径庭。泰森行为放荡，年少轻狂。年仅 12 岁就因为打群架、抢劫而被送进了工读学校。后来也曾因为性骚扰而再度被投进了监狱，直到他后来的经纪人将他保释出来。进入拳坛之后，他曾创造了一个又一个的辉煌；在其背后，他继续进行着那些不可告人的罪恶勾当：1991 年（3 月）被指控强奸了十八岁的一个黑人而判刑 6 年，后因表现较好于 1995 年 3 月 25 日提前释放出狱。

而阿里，则与泰森不同，他作风正派，循规蹈矩。他不仅是一名优秀的拳击手，也是一位出色的外交家。他曾多次率团访问他国，留下了良好的国际声誉。他思维敏捷，常常语惊四座、令人折服。他还富有文学才能，经常作诗、写些小品类的文章。这一切，都是泰森所不能及的。

看了这篇文章，我原先心中对泰森的好感一点点烟消云散了，我甚至开始鄙视他了；而对我本来了解不多的阿里，却充满了崇敬。

我以为，一个人，不仅要有才能，更重要的是要有良好的品行。所谓的"德才兼备"，都是把"德"摆在前面的嘛。有德而无才，至少不会对他人、对社会造成危害；有才而无德，则可能是一个高级罪犯。这样的例子是不胜枚举的，我想我不用重复了。

当然，我在这里并不是要鼓吹有德而无才。实际上，我是崇尚"德才兼备"的人，我对阿里充满了尊敬。要记住，"德"永远是第一位的。

1995 年 4 月 8 日

我喜欢郑智化

在港台歌手中，我比较喜欢郑智化。

他没有魁梧的身躯，有的只是残疾的右腿；他没有多情的眼睛，有的只是睿智的眸子；他没有漂亮的发型，有的只是如钢针向上直冲着的头发；他没有迷人的外表，有的只是一颗身残志不残的心灵……

他没有像"四大天王"一样大红大紫，也没有像林志颖一样卷起了一阵旋风。他出的歌不多，只不过在人们将港台卿卿我我、缠缠绵绵的爱情歌曲听得厌了，才出现在荧屏上给大家带来一点点新鲜的感觉。

听郑智化的歌，大家会有一种全新的感受，一点也不同于听其他歌手的歌的感受。有的歌似高山流水，叮叮咚咚，沁人心脾；有的歌如大槌击鼓，给人一种巨大的感染力。

郑智化的歌，都是自己作词、作曲，自己演唱的，在这三方面都有着体现他的风格的特点。他的歌词意义深刻，思想性强，感情真挚，多用口语，通俗易懂；而且，在内容上也突破了一般港台歌曲所描写的爱情题材，所涉及的多为人生意义、人生价值以及当前社会现状等（指台湾社会）。至于作曲，我们可能感到不可想象：郑智化根本不识五线谱，每首歌都是他先吟出曲子，由他所在唱片公司的况先生记录整理、略事修改，即得。至于演唱，郑智化突出一个"情"字。可以说，他唱的每一首歌，都是十分投入的，用了十二分的感情（他的歌多用悲歌，在演唱时很好地掌握了一个尺度，真正做到了悲而多情），但是他的尺度掌握得很好，真正做到了有情而矜。每一首歌，意义深刻的歌词，加上郑智化特有的带有磁性的、感情真挚的演唱，都给人一种震人心魄的力量，一种巨大的艺术感染力。

有人说，郑智化的歌体现的是一种颓废的思想，应予以抛弃。我以为，这种说法是不妥的。郑智化的歌，固然"悲"，但"悲"而有度，"悲"而能自矜。而且他的歌，在"悲"的同时，又体现了一种积极向上的精神，在字里行间又流露出此种对人生意义、人生价值、人生道路的理性探讨，这是其他港台歌曲所不能及的。

1995 年 6 月 10 日　星期六　晴

我完全明白了

今天下午，我没有出去玩，既没有到学校去，也未到"三室一厅"。这在我来说，大概是近几个星期以来头一次了。

午睡起来后，我先练了一会儿字，后又做了一些数学题，看了一本《青年心理咨询》杂志，然后就和爸爸一道到幺幺家吃晚饭。

今天下午，我虽然没有出去，但我却觉得很充实。以前把时间放在和朋友们谈天说地之中，虽然并未见得有什么不妥，但我却总觉得还少了点什么，不太充实。过了今天下午，我明白了，完全明白了，彻彻底底地明白了。原来在我目前所能进行的各种活动，还应是以读书、学习最为有乐趣，最能使人精神爽快。

1995 年 6 月 12 日　星期一　晴

抓住短短的几十年

不知不觉中，今天这一天，又悄悄从我们身边溜走了。距离期考、距离高考、距离成熟、距离衰老、距离死亡，也就少了一天了。

人，自从母体中来这世上开始，时间就开始一分一秒地流逝，生命也就一分一秒地缩短，死亡也就一分一秒地挨近了。当你纵情地嬉戏时，当你深沉地思考时，当你与朋友相聚时，当你一个人独处时，时间还是没有改变的渐渐地逝去，生命还是慢慢地短暂。在你不经意之时，在你注意它的时刻，在任何时候。

一个人的一生是短暂的，少者几十年，多者百余年，在人类历史的长河中算得了什么？沧海一粟而已。但正是这无数个几十年的重合，无数代人的叠加，构成了人类发展的全部历史。如果你能抓紧这短短的几十年，有所发现，有所创造，你就无愧于自己、无愧于历史了。时间依旧流逝，生命照样运动，人生的步伐也在不停地前行着。

1995 年 6 月 15 日　星期天　晴

要珍惜时间

我今天犯了一个严重的错误：耽误了几乎整个下午（打乒乓球去了），而星期四我们就要进行期终考试了。

当然，应付考试都还是其次，重要的是染上浪费时间这个不良的习惯。鲁迅先生把别人喝咖啡的时间都用在了写作上，而我呢，则把应该学习的时间用在了玩耍上。于是，我懂得了为什么凡人和伟人之间有那么大的差距。

珍惜时间、抓紧时间是有志之士要想成就大事业所必须具备的基本品格之一。试看，历史上凡是对人类进步、对科技发展做出过贡献的人，谁不珍惜时间？

因此，我们必须珍惜时间。否则，绝难成就一番事业。

1995 年 7 月 15 日

移风易俗

听奶奶她们说，这个月的 18 日（即农历六月二十五）就是幺幺的三十六岁生日。大概是"六六大顺"之故吧，人们对三十六岁都是很重视的。但由于 18 日幺幺已经开始了"三沟通"学习，刚一开学就请假多有不便，所以今天我们全家和辉姐姐他们到幺幺家去聚一聚，庆祝了一下。

我以为这种生日简办的做法很好。

我们常说移风易俗。移什么风？易什么俗？就是要"移"一切不利于社会主义建设之风，"易"不利于人民之俗。其中当然就包括大吃大喝的奢侈之风。

如今社会上，大吃大喝、大办丧嫁、大办生日之风愈演愈烈，几乎成了普遍现象。让我们都从自己做起，从小事做起，尽力改变这种状况吧。

1995 年 7 月 16 日　星期天

给我自己的话

在清纯的笑声中走南闯北，在激烈的竞争中登完学业的十八级台阶，生活，也因之饱蘸了温馨柔美的色彩。步入社会，开始领略人生路上的另一种风采，不必抱怨，何须慰藉，实在的努力和奉献足以证明自己。以平凡的拥有去开垦来日的空白，以坦然的心境不断修正自己。自信、达观是我的资本，坚毅、勇敢是我的品性。当岁月老去，回首往事，我心依旧温柔，我笑依旧可人。

1995 年 7 月 17 日　星期一

日日深邃

人生如蜉蝣在世，萦绕不绝，散漫也好，漂泊也罢，不觉青春已近尾声。做一次浮萍水中观月，愿君与我共行，留一番星星，留一番明月，拥有一份独处的欢愉。

深信一日不读书但觉言语浅，书伴我步入一往更深的绿地；笔墨纸砚班门弄斧，轻歌曼舞卡拉 OK 昭华驿动；迷西洋音乐，尤爱中国古典的雅丽哀婉，寻人与人的和谐与真善，大自然的巍峨神奇；盼价值的实现，人生的哲理就在生活的斑斑斓斓；向往真挚的爱情，面对渴望的眼睛，却又无力迎上去；看夜色璀璨，听窗前落雨，对镜无言，灯下日日深邃。

1995 年 7 月 23 日

为人民而活

一位友人曾说过："其实，每一个人都是被动地活着的。"我当时颇不以为然，甚至信口开河似的说："譬如说我，就是一个例外。"然而，如今我才觉得这个结论我似乎下得太早了一点。

真的，我觉得自己活得好累、好辛苦。因为我不是圣人，无法超脱，也不可能真正做到毫不计较别人的评价和流言。

我也曾想向但丁学习，"走自己的路，让别人去说吧"。然而，每次我想按此实践的时候，都会被撞得头破血流。在经历了不知多少次的失败之后，我才终于明白这句话说起来是如何的轻巧，而做起来是如何的困难。

其实，被动而活也未必不好。若每个人都主动而活，都只是为了自己而活，那人生还有多少意义？社会又怎能前进？若每个人都为了他人而活，为了人民而活，那还是一种难得的境界呢。

1995 年 7 月 25 日   星期二   雨

假　如

假如
我是一条欢快的小溪
我将无畏地奔向大海
不管前途是多么凶险

假如
我是一只无忧的小燕
我将勇敢地飞向蓝天
不管明天是阴还是晴

假如
我是一架迅捷的飞船
我将断然地冲向宇宙
不管未来多么遥远

假如
我只是我自己

我将微笑地面对人生

不管背后是风还是雨

1995 年 7 月 26 日　星期三　晴

十八岁断想（一）

跨入十八岁的门槛，用成熟的肩膀挑起"男子汉"这个流传数千年的豪壮名称。

是鸟就有想飞的梦想，有翅膀就有翱翔的信念。

终于，我们用一首散文诗告别了十七岁幼稚的美丽，换得"十七岁那年的雨季"的婉转与豪放，以及一个崭新的梦之黎明。

十八的我们要飞，要翔。

1995 年 7 月 27 日　星期四　晴

十八岁断想（二）

如果说机遇是上帝的恩赐，那么磨难则是生活的垂青。

只因为世事充满许多不如意，世界才如此之大。坎坷旅途中我们走来了，但前途遥遥，注定了我们还要历经千辛万苦。

莫悲观，悲观消沉会使生命失去蓬勃的生机；莫苦闷，苦闷烦忧只能给旅途增添迷惘和悲凉。

十八岁，我们要闯，闯出人生的信仰！

十八岁，我们要磨，磨出生命的辉煌！

1995 年 7 月 28 日　星期五　晴

十八岁断想（三）

不再迷恋昨日的幼稚与童真，也不再为昨日的失意而彷徨。背起数千年求索的使命，提起重千斤的行囊，告别春之温柔，寻求夏的热烈。

十八岁，心燃烧如火，燃起不灭的决心与斗志，也燃起顶天立地的雄风与自信！

十八岁，请握紧时光之钩，垂钓金色的季节。

1995 年 8 月 4 日

远 行

冬雪已去，让我们去远行

切莫犹豫

青春的梦

不能蜷缩在蜗牛的睡宫

春风已来，让我们去远行

既然已走出寒冬

就不会有回返的路程

拂去一切幽怨

仰天朗朗一笑

用脚步去丈量

一个无悔人生

1995 年 8 月 10 日　星期四　晴

拥有一个真实的开端

我从来不去憧憬未来是否美好，也不去回想昨天是否辉煌。过去既已成以往，未来又还漫长，没有太多的必要去抚今追昔。

美好的未来，当然是诱人的，但它不过是天边的游云，是那么的捉摸不定。辉煌的昨天，是迷人的，但那不过是一场梦幻，一切都早已成空。唯有今天、现在，才是实实在在、触手可摸的。我们没有必要沉湎于过去，也不可陶醉于未来。抓紧今天、抓紧现在，才能拥有一个真实的开端。

1995 年 8 月 17 日

好想上学，好想读书

不知不觉中，暑假就将要结束了，恰好还有两个星期、十四天。然而在我心中却仿佛还有两个世纪，如隔世般遥远。

一位友人曾说他"上学时盼放假，放假了又盼上学"。其实，于我来说，又何尝不是如此呢？尤其是现在。真的，好想上学，好想读书。尽管在家中也可以进行学习，却总觉得滋味不同。比之学校中学习，如黄酒之与白干、鲈鱼之与大蟹。尽管在学校中可能会有矛盾、会产生误会，但此时的我，真的好盼望能早点开学。

1995 年 8 月 24 日　星期四　晴

选择一个窗口坐下

选择一个窗口，坐下，你就可以睁开眼睛欣赏窗外五彩缤纷的世界。你或许会发现窗外的世界很富诗意，流动的过客、宁静的大树、整齐的楼群、平直的大道、清亮的空气，一切都给你舒畅的感觉。你或许又会感到，窗外的世界很浪漫，霏霏雨丝，瑟瑟雪花，在其中游动的花花绿绿的男女老少……

选择一个窗口，坐下，放飞你心灵的鸽子，让它远行为你带回窗外的温馨，然后轻轻闭上眼睛，在微风中打开思想的闸门，让思绪的潮水往外奔腾。你可以甜甜蜜蜜地回想过去的美好记忆，可以慷慨激昂地憧憬未来的光明与幸福。

选择一个窗口，坐下，你甚至可以给自己一个彻底的自由，可以为一时的过错痛痛快快地流泪！在你迷茫、抑郁的时候，窗口会指引你辨明方向，走向自信，让你在痛哭之后来一个长长的、痴痴的笑；在你兴奋、舒畅的时候，窗口会带给你充实和果断……

选择一个窗口，坐下，你看得更开阔、思考得更透彻。你会发现许许多多的东西并非你想象中那么糟糕、那么复杂、那么无情，你会找到一个称心如意的礼物……

选择一个窗口，坐下，你将拥有一切！

1995 年 8 月 27 日　星期天　晴

白　帆

我，渴望看见一只只白帆。在帆的上面，是飘动的白云和蓝天。在帆的下面，是汹涌的浪涛和险滩。在那里，生活不是僵硬的，而是在不停地流动和漂荡。

我，渴望看见一只只白帆。无论在小河、在大江，还是在海洋，它都在前进，在和风浪搏斗。在每一片鼓满风的帆里，都藏着一个美丽的幻想。

我渴望看见一只只白帆。我愿我的生活像一只只白帆，永远寻找不冻的港湾。

1995 年 8 月 30 日　星期三　晴

再见吧，烦忧

你老是埋怨父母没有给你一副娇美的面容，慨叹自己没有一个值得骄傲的体面出身；你总是埋怨生活不公，哀叹自己过去的不幸……

我要说，朋友，何必为眼前的迷惘烦愁！失去的不会再拥有，岁月亦不会倒流，正如落叶不会绿树梢，时光的脚步无法挽留。困苦不会总缠绕着你，乌云终将从心头飞走。再美美不过青春，什么也不比年轻更富有。让自己过得轻松些，把无聊、烦恼和忧郁抛在脑后，让自己过得充实些，勿让碌碌无为的感觉涌上心头。

朋友，珍惜你的生命，珍惜你的青春，面对刚刚起步的人生旅程，请潇洒地甩甩长发，高喊一声：再见吧，烦忧！

1995 年 9 月 1 日　星期六　晴

走出昨天

不管昨天的形状是方是圆

不管昨天的颜色是绿是蓝

不管昨天的滋味是苦是甜

总要走出那已经逝去的昨天

再美的梦幻不过是团云烟
再好的经历不过是个闪电
离不了童年的孩子不能长大
张不开翅膀的鸟儿不能上天

走出昨天也许步履艰难
走出昨天却是别有洞天
走出昨天，天地都很宽
走出昨天，一切都很新鲜

1995 年 9 月 10 日

蜗牛与鹰

蜗牛立志要登上高大的金字塔，在他前进的途中，鹰看见了同情地说："你走得这么慢，是不可能到达塔顶的。这样吧，爬到我的脚上，我三分钟就会把你带到。"蜗牛坚决地说："我要试试！"说着又开始他那缓慢的爬行。

三个月后，正在塔顶歇息的鹰惊奇地发现，蜗牛已经爬到靠近塔顶的地方了，他还在努力地艰难地向上爬……

有的成功靠超人的天赋，有的成功全是后天的努力，前者可贵，后者可颂。

1995 年 9 月 12 日

翻开书本，读起书来

从没哪一天的哪一堂课使我像今天的政治课一样心潮澎湃，令我激动。

黄老师，她并没有用什么豪言壮语式的辞令，也没有讲什么强国富民的大道理，她只不过像拉家常一样的讲了几个看似平平常常的句子："假如你们还不努力，将来有一天见了你的同学，别人是个'博士''硕士'什么的，而你呢，还只是无业游民……你会好意思吗？将来你成了家立了业，教育你的子女要好好读书时，他们一句'想想你当年读书时'，你又会有何感想呢？"

也许，在别的同学看来，这真是再普通不过的几句话了，我却认为它既深刻又现实。平时家长、老师对我们说是跨世纪一代呀，要振兴中华、强国富民呀等等，是不错的，是一个美好的理想。然而我们却总觉得离我们太远、不贴近现实。听了黄老师的话，我才心中怦然一动：讲得多好啊！

黄金固然可贵，时光弥足难求。我感到自己以前真是太傻了，为了一些不必要或者至少是目前不必要的事情而耽误了太多的学习时间，以至于学习每况愈下。"岁月不饶人"，二十年后回首往事时，我怕真是"实在不知道，这么多年来，我们都干了些什么"。我担心真是"往事不堪回首"。

说实话，自开学以来，我一直都对自己没有太多的信心，我实在不明白自己究竟在干什么，只不过每天在学校——家之间转悠。政治老师的一席话，又激起了我的信心。于是，我又翻开书本，读起书来。

1995 年 9 月 17 日 星期天 晴

耕 耘

我懂事的时候，父亲很郑重地送给我一把犁铧。我此生注定要扶犁而耕，开拓未曾涉足的领地，不能有丝毫怠惰。

我在那方属于自己的一隅上耕耘，犁铧上滴着我的汗珠和泪水。我有时也很疲惫，可父亲说的有耕耘才会有收获那句话，再度激越地叩响我的耳鼓。

于是，我精神不再消沉，紧握着犁，和它相依相偎，吱吱吼吼地开垦田野。如今生活也在耕耘中告诉我，只要自己已付出汗水，即使不曾收获很多，苍天终不会负我。

1995 年 9 月 30 日

我的思念在澧水河

我盈满思念的心廓

再也盛不下澧水河

我春天的梦

折叠起澧州萌发的爱

把河水熔炼

浓缩成一脉燃烧的怀念

因为你清澈的爱

在澧水里缠绵

因为你希望的羽翼

在洞庭湖扑腾个没完

1995 年 10 月 1 日

祖国，我这样热爱您
——谨以此诗献给亲爱的祖国四十六岁生日

假若您是泰山的顶峰

我就是您脚下的黄泥

苍翠的松柏是献给您的恋情

美丽的画卷是写给您的诗句

假若您是云中飞腾的巨龙

我就是云下肥沃的土地

燥热时您为我遮阳

干渴时您为我下雨

假若您是宽厚的海洋

我就是您起伏的潮水

奔腾的浪花是唱给您的旋律

潮涨潮落都是为了亲近

祖国啊,我是这样爱您

1995 年 10 月 28 日　星期六　阴

我只想你

有母亲在,胸膛里就跳动着两颗心;有母亲在,天空的月亮总是两轮。可做儿女的不经意就轻忘了母亲,犹如我们常常忘记自己的皮肤,流血了,疼痛了,才又会想起它。

我的母亲,今天我不读书,不看报,不关心其他事情,我只想你。

1995 年 11 月 2 日　星期四　阴

我想成为一棵参天大树

为什么大树如此的参天挺拔?因为接受了太阳的洗礼,它便有了一股向上的力量。为什么山岳这般的雄伟高大?因为经历了风雨的考验,它便有了一种不屈的精神。

我常常羡慕海伦·凯勒的精神,也常常称赞张海迪的勇气,然而,于我自己,却每每总是不能。

表面上,我很倔强、很固执,甚至有些"傲"、有点"狂",甚至不为别人所接受。其实,我的内心很脆弱,经受不了太多太重的打击,我也从来没有经受过。

我不知道将来我的职业是什么,我也无法预计我将要干些什么。但是,我很明白,我的人生不可能是一帆风顺、一马平川,随时都可能从背后袭来风雨,随时都可能遭到厄运。这,我是很清楚的。我必须要学会坚强,不论这是多么的困难。我必须要承受住任何打击,不管它是如何的不为常人所接

受，不管它可能会给我的心灵带来多大的伤害。我想成为一棵参天挺拔的大树，谁都难以企及。

1995 年 11 月 3 日

不失美丽

请不要用怜悯的目光将我打量

更不要叹息世事沧桑人世炎凉

春华秋实风雨凋零

万物从来如此

要紧的是在风雨下

即使凋零，也不失美丽

1995 年 11 月 18 日

要对得住自己

中午的时候，从《中国教育报》上得到了一个消息，爸获得了 1995 年度曾宪梓教育基金会中等师范教师奖三等奖。

我不知道爸当时看到这份报纸时的心情怎样，总之我是心情很激动，尽管脸上并未显露出来，为他、为我，也是为我们全家吧。

公正地说，爸是当之无愧的。光是受过的那些苦以及克服它们所经历的艰险，就已经是非常人所能想象的了。

我不知道也无法猜测，将来我将从事什么职业做什么工作，但我想我也要取得那样的成就获得那样的荣誉才算是对得住老爸对得住自己了。

1995 年 11 月 19 日

人生之最

最大的乐趣：探索与创造

最大的幸福：助人与献身

最大的财富：知识与时间

最大的苦恼：无知与空虚

最大的安慰：友谊与信任

最大的美德：纯洁与忠诚

最大的收获：认识自己

最大的愚蠢：欺骗别人

最大的耻辱：出卖灵魂

积余之经验得《人生之最》，与诸君共勉

1995 年 12 月 3 日　星期天　晴

日 子

日子一页页地撕去，散乱地布满房间，像秋天里的落叶。

生命是一棵扎根在大地上的植物，难道从一开始，迎接的就是义无反顾的凋零？

日子，把乳白的芽儿拱出土层，把嫩绿的叶子一片一片地张开，把花朵一枝一枝地释放出香味来，把果实酝酿成希望的彩色，甜美的收成。

即使岁月把日子砍成一株轰隆倒塌的大树，但也会有泥土下斩不断、挖不绝的根系，会重新繁殖出新的苗圃来，还会有顽强的种子，用它们独特的旅行方式，走遍世界，去繁衍成理想的部落，美丽的风景。

1995 年 12 月 31 日　星期天　阴

思念是一杯苦酒

放假才一天，真闷，也不知道自己在干些什么，一天到晚只觉得疲倦，字没写，想来想去都是她。

思念是一杯苦酒，又不得不把它喝下去，让它浸润我的全身。但是，爱情却不只是一杯酒而已，它是一股生生不息、享用不尽的源泉，不断浇灌我那干涸的心灵。这样，心灵的土壤才会肥沃丰厚，才能崛起森林，方能产生湖泊，才会有一副春天的模样，正是怀着这样的信念，我才有了支撑的力量。

1996 年 3 月 26 日　星期二　晴

奇怪的梦

又做了个奇怪的梦。

我和"洪"出去玩，忘了是什么地方，只记得一堵一堵的墙，下面漫着一层薄薄的水面。在墙上跳来跳去，不想到了家附近，不小心看到了她仿如小鸟依人紧偎在他身边，她和一个高大而英俊的男孩子在一起，在院子里，紧紧地挨着，我想大概就是"情人节"给她送花的那个小子在给她补功课，还不时相视一看，发出会心的笑声。"洪"不知窜到什么地方去了，独自一个人心酸，黯然神伤至于泣下，立在墙上一动也不动。

一位妇女出来了，看得出是她的母亲，叫他们进屋去吃饭。三个人脸上都洋溢着幸福的笑容。她和他相视一笑，合上书，一同站起来走进屋去。

我心里就像倒了五味瓶一样，不是滋味，看起来她的母亲似乎已承认他们之间的关系，接受了他，而自己……越想越烦，越烦越伤，甚至忍不住一阵阵抽泣起来。"啪"的一声，从墙头掉下来，落在水中，手表掉出来。八点钟了，正是上第一节课的时候了……

梦醒了，极不情愿地爬起来，脑子却还是刚才梦中的一幕又一幕，坐在床上，眼盯着地面，禁不住想哭。

老想唱那些心酸的情歌，越唱越苦，越唱越痛，泪也悄悄从眼角滑出来……

1996 年 11 月 24 日

雪夜，我有一个梦

无月的寒光，照彻四壁；房子里的空间，被感觉拉大。倾听嘎嗒嘎嗒风中的摇曳，夜的宁静的诗意，由心底而起。

拉紧一下被盖，让梦回到童年的雪地——童年的梦幻是从塑雪开始的。

……

披着雪的枯叶，敲打在玻璃窗上把天真的梦吆惊醒。原来它只是来取暖的——这捣蛋的小精灵！

善感的灵魂踱步到窗前，猝不及防，又一片生灵撞入我的心肺，溅起一身的清凉；抖落在窗台上，生命之曲戛然而止……

我想到了躺在街头屋檐下的那个乞丐！

明天，我要把他塑成一个主题！

1996 年 11 月 25 日

雾　季

黄麻树下

你在等

等那唱了千年万年的歌谣重新开始

等再一次降临那个美好的故事

心情

为一朵淡紫色的苦菜花

黄麻树的叶子落了一地

铺满一圈一圈深深浅浅的脚印

却——

没有人来

1996 年 11 月 26 日

乡　愁

从前，乡愁是学子离家得不到双亲关怀的丝丝缕缕，母亲的一吻便带走所有的忧愁。

长大后，乡愁是双亲的担子、祖母的银发和乡亲的盼望，只能雀呼地收到几封家书把心房打开。

而现在，乡愁是，

登上一级成功的阶梯。

小憩时伴随的泪眼和疲惫的喘息……

1996 年 11 月 28 日

防止"过犹不及"

家里的水龙头坏了。轻轻一拧，正好关住，再稍稍一扭，就又开了。这不由使我想起了孔夫子的一句话：过犹不及。

"不及"就是"不够"，许多人都知道这是不好的，或者说这是"不够好"。"过"就是"过火""过了头"，却往往容易被人误认为是好，说这就是"深""透"，是彻底，难道不好吗？其实过了头，常常把好事做成坏事，事情做得一过分，就会走向反面。失眠不好，睡觉睡得着就好，但睡觉过多就可能变成懒汉；劳动好，但劳动过累，就会妨碍健康。而对健康过于注意的人，又常常会造成精神上的负担，老是疑心自己有病，结果反而把身体搞坏了。列宁说过："只要再多走一小步，仿佛是向同一方向的一小步，真理便会变成错误。"这话讲得多么深刻。

我们不管做什么事都需要"恰到好处"。京剧著名演员表演时总讲究不瘟不火。优秀的歌手在热情地歌唱时，情真而又能自持。工人炼钢要注意火候，做政治工作要掌握分寸。一句话："过"与"不及"都不好。

唯物辩证法认为，事物的发展变化首先从量变开始，而当量变达到一定程度时，又必然引起质变。这就要求我们凡事都要掌握分寸，坚持适量，以达到"恰到好处"，防止"过犹不及"。

1996 年 11 月 29 日

都不是，又都是

返校的日子，越发近了。我的心，也更加恐惧。

我不知道，我为什么会恐惧，我怎么会恐惧。其实，我是没有原因的，不过，我觉得，没有原因反倒正是最好的原因。

整整半个月没到学校去了，校园在我头脑中的印象，真是极熟悉又极陌生，极近又极远，极清晰又极模糊。我不知道为什么会产生这种感觉，又是一个没有原因。

我实在不知道，我在惧怕什么。是老师吗，是同学吗，还是校园里的那些树？！都不是，又都是。真是有些古怪。

我真的不知道都在干些什么又在写些什么。

1997 年 1 月 1 日

忠诚的心脏

无论我在哪里逗留

哪里流浪

我永不会将祖国遗忘

绝不停止对祖国的热爱

以一颗温暖、忠诚的心脏

1997 年 2 月 23 日

"第六感觉"

早听说过"第六感觉"这一概念，只不过无缘体验，而今天上课却光顾了我一回。

语文课时，老师在上面讲那本《阅读训练》，我听着听着，头却垂了下去，瞌睡虫又及时赶到了。老师的声音朦朦胧胧地响着，我却逐渐沉入了梦乡，视野里出现了"她"的形象。老师一声提问，打扰了我的好梦，却也有点儿让我莫名感到兴奋。嘻，这算不算是一种第六感觉呢。

莫名的，心情不太好。

回家吃早餐，实在不愿吃不爱吃，只吃了一小半，家里人不停地唠叨着："再吃点，再吃点。"我逃也似的出了家门。

到了学校，站在走廊上，有人告诉我，苏猛又和她一路来的，不大信，扭头一看，什么都不用说了。我又问"还看见了些什么"，对方笑而不答，盯着我，半天才蹦出一句："你真是该下决心了。"我说我已经下了决定，

"不到黄河心不死？"旁边再有人补充。"到了黄河也不死心。"我答道。他说："到了黄河，人不在了，心还不死吗？"哦，或许，到了黄河会更加丰实、更加厚重、更加成熟，躯壳没了，魂灵不去……

1997 年 2 月 26 日

梦

昨晚上做了个梦。不确切地说，大约得算今早上了。

梦中的我又做了个（前一天的）梦。她，驾着个小小的飞机，大约只有五米来长吧。我坐在她后面，从她家的院子出发，极低地飞着，在县城的上面绕来绕去，有几次都差点撞着了行人的头顶，也吸引了众多注视的目光。这就是我前一天在做的梦。

第二日，她，在二中大礼堂唱卡拉 OK（事实上，那里是没有这东西的），我到那儿去告诉她，手搭在她肩上一起唱了几首歌。再一会儿，不知怎么醒了，时间是五时三十七分。

人说人做的都是些反梦，大约真是这样吧。早上到学校后把这梦告诉了李芬芳，心中不知怎么还有些莫名的兴奋，下自习后，龚豪告诉我，说放假后她要出去照相，我自然明白这话的意思，心境简直是一下跌入了最低谷。回家早餐，不大的一碗都没有吃完。其实，礼拜四我电话邀请她之后，心里一直就不大踏实，害怕她会拒绝或者因某种借口而敷衍。张萍说我是因怕被拒绝而不敢邀请她，或者真是这样吧。可这次……不能怨她，要怪就怪自己、怪老天吧。那两天，做什么去？灵魂又将在何处安置？

1997 年 3 月 25 日

越来越有想哭的感觉

终于明白自己莫名其妙心烦的原因，在看到一幕又一幕的时候，听到一句又一句的时候。

下课了，到后面去，只因"甩哥"坐在第一组后一排。正在看我的那张卷子，另有几个在后面站着，"她"进来了，坐在位子上。梅涛不知怎么在

"她"头上抚弄了下，迅即开始了起来……我不忍再看，眼睛盯着外面，只听有人叫了句："看，梅涛还在搞那动作……"扭头看去，只见"她"板着脸，脸色很难看，斜倚在后门槛上，一动也不动。

旁边几个不住地叫道："看梅涛……""看'她'……"有的问我："酸不酸？""消消气……"也有的鼓励我，"甩哥，和杨唐杰一起搞死梅……"然而，我终究什么也没说，什么也没做，动也不动。所有伤口，只有自己去抚平；所有苦水，只能往自己心里流，只因我是男人。

终于明白自己为什么心情不好，莫名其妙地烦，只因这些事，只因在吃"醋"。其实我早知道，只是，不愿说……

我们还在这样的世上活着，不知道这样的世界何时是一个尽头。

屋漏更遭连夜雨，船迟又遇打头风。

学校受了气，家里也不好受。吃饭的时候，爸又对我说不要分心，有人反映我给女孩子写信，要我自己抓紧学习。我轻微而无力地辩解了一句，爸没多说什么，只是一再要我如何抓紧，对自己负责，我一句话也没说。

爸，我都知道，谁不想抓紧，考个名牌大学！可是你又怎会明白儿子心中的苦与伤，几乎是打不起一点精神呢。

看着人们谈笑低语听着他们欢声笑语，我只能一个人，独自神伤，只有暗暗把泪往心里流。她每笑一声，苦就多一分，泪就流一滴……

老实说，好想一起去疯疯癫癫，好想放开束缚去找她。可是，我不能，现在不行。因为我要高考，因为我已承载了太多人的期望与希冀，我无法辜负他们，更不能对不住自己的前途和整个人生。纵然有再多的苦，也只能独自往心里咽。

越来越有想哭的感觉，但我知道我不能。

激情岁月（大学）

1998 年 12 月 11 日

不是开头的开头

我总是以为，要一个人比较准确、恰当地掌握和评价自己思想产生的发展的过程真是比较困难的（然而，这一点却是相当必要而且重要）。但是这并不意味人面对自己总是无以下"手"，难于下笔。遗憾的是，我在这一方面做得并不好，所以我很羡慕而且佩服刘文盛和张有才，专门将自己的所见所感所忧所虑诉诸文字记于纸上。而我却没有找到这样的"机会"（其实，这在某种程度上说也只是借口而已），虽然也曾产生一些思想的火花和巨石，却少于将它们变成文字，虽然也记了一些日记，写了一些零零散散的文字，却总让人感觉太少、太散、太软，也太不深入。

但是，这一次我却专门买了崭新的本子（还配备了钢笔和墨水），不再让思想的撞击产物流失，这一方面是基于对自己这方面缺陷的认识与反思，另一方面则是产生于下午一件看似偶然实则必然的事件之后。

下午没有去上课。因为要参加一个会议，所以我想，上一节课其实有时还不如不上，干脆就免了。睡觉直到三点半起床，沈泰明和叶波回来了，进屋就问我有没有去领奖学金。哦，我记起来了，中午就有人说下午领奖学金（奖学金的评定结果是相互保密的，也从未公开宣布）。我无话可说，当时也未在意。没想到他们这样一问，却让我几乎无法平静，后来去开会，一直有点心不在焉，老是在想着奖金那档子事儿，结果新买的一双手套又"不明不白"地离开了我。吃完晚饭，揣着新本子，不管别的人去打球娱乐，我去了教室。

其实，我知道，在这件事情上，我一直没有释怀，也许根本没有办法释怀。因为，我实在无法忘记爸爸在上大学之前就一直告诫我要争取拿奖学金甚至第一等嘱托，实在无法忘记今年家乡遭了水灾，千里良田一片汪洋的情景，实在无法忘记妈妈没有正式工作，妈妈为此苦恼，爸爸独力支撑家庭的身影，实在无法忘记自己这几乎是唯一最"简便"地为家里分担一些实际问题的愿望未能实现，电话那头细微的却怎么也掩饰不了的叹息，实在无法忘记、无法原谅自己在这一年之中学习、工作以及学习与工作的相互协调上所犯的错误和得到的教训……

对于这些，我无法释怀不能释怀，因为我根本不能忘记我的缺陷和不足、失误和教训。我不想总是活在回忆和痛苦之中，因为那太累而且根本没有任何实际意义，但我需要用这些回忆和痛苦来激励自己刺激自己。前方的道路不可能永远是平坦的，但我会用这样痛苦的教训伴着自己，尽管步履蹒跚，但是一步一步坚定不移地走下去。

我一直将这一次奖学金评选失败和上学期班干部竞选失败列为自己大学以来的两大挫折。而这两件事，对于我的影响和教训可以说都是非常深刻的。

上学期的班干部竞选，我还清楚地记得：当时我是得了 12 票，江同学是 11 票，而最后考虑到要平衡男女生干部比例，于是决定江丽芳上。当然，我这样说并不是表明我对江同学有什么看法。其实，将近一年以来，她的努力工作大家是有目共睹的，她的工作成绩我作为一名普通同学和她的朋友也是感到高兴和赞赏的。

但是从最后结果看，我毕竟是失败了。至于失败的原因，上学期我曾借着给一个朋友的回信仔细分析了一番。现在想来还是和同学们的关系和在同学们面前表现出来的能力问题。其实，我觉得我和我们班上每一位同学的关系都是融洽的，至少是没有大的冲突和对立，也不像某些人一样在同学中留下了相当不好的印象。但是不管怎么说，我和班上许多同学都还谈不上亲密，没有认认真真地和他谈过一次话（当然是较少掩饰而且深入的）。这自然也就影响到了第二点，在同学们面前（其实还应包括系里和老师）展示的能力和在同学们眼里的印象问题。可能在许多人看来我都是极为普通的一个，至少是还没有达到能够胜任某一名班级干部的程度。和某些同学联系不

太紧密，和系里联系不太紧密，和老师们联系不太紧密，在同学们（至少在全体同学）面前展示不够，在系里老师面前展示不够，也许还有在某些场合话说得不太好，在某些方面自己做得还不够，我想这可能是我失利的主要原因和根本原因。

这次奖学金评选失利，无疑也是对我打击很大。当然，这更主要的是在学习方面。

仔细思考，我觉得应该从这两个挫折中吸取的教训主要有下面几点。

一是加强英语学习。其实这次奖学金评选失利，主要问题就在学习上，而学习的主要问题则在英语（我的专业成绩在班上是名列前茅的）。而且英语作为一种工具，一种当代青年尤其是当代大学生都需要掌握的工具，对于我们无论是考试、应聘还是工作、交往以至于生活的各个方面都极为重要。而且，属于我们的，能够有老师指导的英语学习时间其实已经不多了，所以英语的学习必须加强加强再加强，努力努力再努力！将英语学习放到一个重要的位置，加强重点，确保成效。

加强英语学习，主要从听说读写四个方面努力。多听，而且多听原汁原味的英语；多写，并以《英语写作技巧》为参考；多读，坚持每月一期《英语世界》和《新概念英语》，加强对课本的朗读和背诵；多说，适当场合努力加强。

二是加强工作。以前相对来说比较忽视这一点，不仅不利于将自己的能力展现给大家，也不利于提高和发展自己、更好地为大家服务。这种工作，当然，我以为是应该以班级和系里为主，学校和社会活动、工作也应积极参与。

今年夏天，家乡发生历史上特大洪水，我作为实习记者，参加了《常德日报》的灾区报道工作，给予我深深的思考和有益的启发。这个学期以来，系学生会和校学生会改选。我参加的这两个组织原都是在宣传部，负责文字工作，为系里写了几次活动的报道，而且见诸报端，但在校学生会做得不是太好，这当然有一些外在的客观原因，也有我自己的主观因素。校学生会宣传部实在是不需要什么文字人员，而且我的书法和美术都不敢登大雅之堂。

因此，我在那里觉得有些压抑和"无所事事"。现在我被调到了记者部，这是正合我意又是我较为擅长的，相信我会大有作为。

三是加强学习与工作的协调。老实说，以前我觉得还有些"闲"。新学期开始后，角色的转变，使我几乎是骤然变得忙碌起来，学习与工作的协调这一问题也日益显得重要了。

我始终觉得学习与工作关系协调其实是一个长期的、不断调整的过程。在这一点上，务必保持清醒的认识和深刻的警惕。学习不可偏废，工作不可减弱。主要解决办法应该视二者的重要程度而定，不可能做到一劳永逸，永无后患。为了学习和工作，必要时刻要牺牲自己的娱乐、休息和睡眠。

四是加强学习。其实学习是一个广泛的概念，不仅仅包括学校规定的课程、自己感兴趣的学科方面的学习，其内容也应该包括立身处世、为人修养、思想水平、理论修养等方面。当然，我这里的学习领域其实并没有这样宽泛。

自己的愿望和想法是欲在政治方面发展，或者更确切地说理想是从政，政治是自己感兴趣的方面，而这其实也包括科学社会主义、政治理论、党的政策、时事政治等方面，我想我要在这方面加强学习，在学习中思考，在思考中实践，在实践中提高。其实我感兴趣的方面很多，政治、哲学、伦理、法律、文学甚至经济等，我想在这些方面都有一些发展，看一些书籍，做一些笔记，形成一些自己的思想，不过，我尤为看重政治、哲学。

五是加强修养。学习的方面多在于加强思想、理论方面，而在行动上则应该加强个人修养，更加严格要求，保持自己的形象。

在很多时候小的方面往往能体现一个人的素质，要更加消灭一些别人眼中不是脏话的脏话，养成更好的卫生习惯，克服易冲动和有时斤斤计较的毛病，提高个人思想、行为品位。

总的来说，自认为这两大挫折对我的教训是深刻的，影响也将是深远的。其实有的时候我宁愿将这种教训和影响想得更深刻些，保持得更持久些，而我其实也是极有信心的，对自己也是对别人，对个人也是对社会。敢于将自己的挫折写在纸上，也是基于对自己以往的成绩和纠正失误战胜挫折的信心，即使在最痛苦的时候，最压抑的时候，我也会坚持对自己对未来抱有信心，

自认为这是我的最大优点之一。

过去的失误和痛苦属于自己，但那是过去；现在和未来在自己手中，将由自己来把握。把过去的痛苦作为教训，把未来的美好作为激励，即便前途无涉，归路渺渺，我会坚定地、一步一个脚印地努力走下去。我会记住两个字："勤""忍"。勤，勤学习、勤思考、勤反省、勤写作、勤办事；忍，忍个人之差异性、忍社会之复杂性、忍自我之矛盾性。挫折属于自己，缺陷属于自己，成功属于自己，高尚属于自己。

1998 年 12 月 15 日

对生命意义的诠释

中午专门买了支钢笔，因为我时时有写点儿东西的冲动，而我是预备在这个本子上面全部用钢笔来完成的。

早就买了支笔，一直想写点东西，却一直被那些身外的事情困扰着，没有时间提笔。看看表，12 月 22 日了。晚上有个活动，"民大先锋论坛"，算是大放了几句厥词，却一直有些意犹未尽。不知道能不能把这种情绪保留下来。一直在想着一个问题，生命究竟为了什么？

这是一个古老得不能再古老的问题，一个沉重得不能再沉重的问题。思考和追寻生命的原因，也许真是一种永远没有结果但却极有意义的事情。

有些时候不愿多想。是不是身外的物质与身内的精神就真的不能找到和谐的契合点？我觉得这是很多人没有认真解决好的。

这一"契合点"名称仅凭记忆感觉，不一定十分准确，但大意如此。

我不愿成为物质的俘虏，可也不愿自己真的一无所有；我不愿精神贫穷，也不愿成为"唯意志论者"。在物质和精神之间，我愿意做这样的选择：精神优先，兼顾物质。我永远不会为了物质的充裕，而放弃精神的追求，却可能为了独守精神家园，而真的在物质上一无所有。

于是，关于生命的目的，我这样回答自己，为了他人，也为了自己——在永远的为人民服务中实现自己的价值，这就是我对于生命意义的诠释。

1999 年 2 月 14 日

十面埋伏

不想赚钱，只想做官，而且越大越好。而我亦知权力后面是责任，官越大责任越重。

依我观察和前人经验教训，一旦身居高位，也就走进大包围圈，成为进攻对象，且是内外夹攻，要而言之，可说面临"十面埋伏"。

其一，赵公元帅布阵。权力在手之日，就是赵公元帅进攻之时。如今已经有多少大小官员被赵公元帅俘虏，锒铛入狱，毙命刑场，名单很长。

其二，红色炸弹进攻。"英雄难过美人关"，肉弹杀伤力不容低估。一些垮台的副省级、厅级干部，就失败在石榴裙下。

其三，精神迷魂汤。阿谀逢迎之徒手里的迷魂香汤，早已备好，只待你喝。他们的嘴甜甜的，把你举得高高的，让你相信"官大学问高，官大真理多"，连应酬话也成"重要指示，要学习消化"，连"英明""伟大"这样的词，也能往你头上扣。迷魂汤喝得多，就会神魂颠倒，得意忘形，把小人看成君子，把屁话当成真经。

其四，鼓吹枕头风。办不成的事就找夫人，这已经是人所共知的常识。"暖风吹得人憔悴"，枕头风也会把人拉下水。"妻贤夫祸少"，妻恶夫祸多，官大怕有恶妻。

其五，编织亲情网。孩子、父母、三叔六舅、大姑老姨，都会找上门来求情办事，哪一个都不好拒绝，他们逼你进网，都想网网有鱼。

其六，构筑包围圈。如今你为高官，故旧、老友、同乡、同学，都来投奔，尽是难办的事、难解的题。给办就是好朋友；不办，就骂你"一阔脸就变，官大不认人"，躲开这个圈子，也不容易。

其七，密封玻璃墙。出行时，前呼后拥，左包右围，警车开道，远近迎送。开会时，打印好的假汇报，准备现成假典型，预备好参观现场，用玻璃墙把你和群众隔开，真假不辨，是非难分。

其八，收买贴心人。例如通过秘书提供虚假材料，贴身工作人员传播小

道消息，随意的褒贬，都会诱你上当，作出错误决策。

其九，地下埋地雷。遇到权力的角斗，帮派的争夺，他们会预设地雷，让你踩上，后果严重。

其十，路边设陷阱。官高要决策，用人，解难，排忧，为官一任，造福一方，官高无小事，每件事都关系大局，涉及千家万户。弄不好，随时误入陷阱，是完全有可能的。

只看官高声名显赫，不知其难其险，实在是认识上的一大误区。

这十面埋伏，是待发的弓箭。做官不论大小，都会遇到，只是身在高位，危险更大，后果更严重罢了。

面对十面埋伏，要做孔繁森那样的胜利者，那就得有思想准备，保持清醒，自重、自省、自警、自律、自勉。做到这些，一靠无私心，二靠无野心，这是根本。

1999年2月24日

关于爱情，我们不能说些什么

一

我能看到一片树叶从老槐树上落下来，我能看见云彩变幻成一件白纱裙。我能有把握地说出门前的站牌，我能断定周围的青苔在一天天减少。可对于爱情，我能说些什么？我能说出它的方位、它的颜色、它的温度吗？我能说出它的姿势、它的喜好、它的气味吗？我知道它到来的时间吗？我知道它离去的方向吗？我有一架子的书，而且还在不断补充。这些书告诉我许多年前人们的生活，告诉我什么比什么更有价值。这些书饱经沧桑，他们的作者似乎都经历过爱情，这些书也像经历过爱情一样，让人愿意倾听。可关于爱情，我能听懂什么？

我知道经过我的时间也经过她，我知道包围我的空气也包围她，我知道我视线极目的地方到达她，我知道我意志倾斜的地方指向她。可她能知道吗？月光照耀我也照耀她，无声穿过我也穿过她。四季变化我也变化她，泪水流过我也流过她，可她能感悟什么？

我愿意与她在人群中穿梭，我愿意握着她的手并被她握着。我愿意干一件蠢事从此不再愚蠢，我愿意自我放逐四处奔波。我愿意听风唱歌，如果风儿知道了别离；我愿意听雨低泣，如果雨丝远离了归途。有一天，我会白发苍苍，步履艰难，周围没有壁炉，手中没有诗集，但我有过爱情，从此不怕回忆。

二（3月5日）

关于爱情，我们能够说些什么？关于爱情，我们能够记录些什么？我们从多大开始享有它，我们从何时开始离开它？我们深入它有多久，我们沉浸它有多深？盯住我的眼睛，你有爱情吗？你眼前的景物是因为一个人才变得重要吗？你深深地呼吸是因为有人也在呼吸吗？你耐心地倾听是因为有人也在倾听吗？我没法走进你的世界，我只能在你的门外张望，我没法给你我的体验，我只能与你遥遥相对，说出我的感觉于万一。关于爱情，我们不能说些什么。

小时候，我爱偷家里的糖，但偷到手，又希望与别人分着吃。是不是偷来的东西，只有分享是快乐的？是不是偷来的东西格外的甜蜜？如今我可以吃到所有的糖，却不再馋糖，我把糖握在手中，却握不出爱情的体温。关于爱情，我们能够说些什么？

当你走在街上，你的月光为谁而穿越？你的步履为谁而加快？你为谁学会了撒谎，又为谁学会了坦白？你为谁满怀喜悦而忧心忡忡，你为谁心事重重又缄默如铁？谁在遥远的地方走向你？你在谁的目光碰撞下土崩瓦解？谁为你食不知味，夜不成眠？你把谁当成路标，一路找着回家？谁把你偶然留下的物件视为珍宝，你把谁的名字翻来覆去颠倒在嘴边？假如没有这样一个人，那你孤独吧，混进人群吧。在遥远的星空里，没有为你闪亮的星星。

关于爱情，我们能够说些什么？说它像水，只在我们的指缝中穿行？说它像烟，面临大海也面临山川？说它如细雨，绵绵浸润我们的坚硬？说它如洪水，冲垮我们最好的防线？说它冥顽，无视伦理，也无视人群？说它不可理喻，只驯服于我们最后的温柔？

把一只手交给另一只手，爱情有自己的语言，它废除我们的语系，用目

光启示你，用手问候你，领你进入它的领地。你被爱情击中的时候还有取舍吗？你被爱情俘虏的时候还向往自由吗？你在另一个名字的笼罩下还重视晋级调资吗？你在另一双眼睛的感召下还同小贩讨价还价吗？你还小心翼翼守护你的体重吗？你还在该大步流星的时候踌躇不前吗？你还看着路灯寻找光源吗？你还把烟头摆成一座小山吗？怎么你忽然去注意路旁的小花了呢？怎么你开始遥望模糊的星空了呢？怎么你想去重温旧片了呢？怎么你开始对孩子微笑了呢？你为谁洒了香水，还是香奈儿5号？你为谁整理了房间，又添了鲜花？你为谁多愁，为谁灿烂？为谁热烈，为谁缠绵？为谁侵略如火，为谁静谧如山？

如果一个人像空气一样靠近你，对你说：你是我生命中最重要的一部分。如果一个人把你的愿望当成自己的愿望，绝非自我暗示，而是情不自禁。如果一个人撩起你的头发盯住你的眼睛，轻声念你的名字。如果一个人围绕着你就像空气围绕你一样，你会不会晕眩？关于爱情，我们能够说些什么？

说它遥远，可又倏忽而至。说它欲言又止，可又在心里宣言得一塌糊涂。说它放任却又掬在手心，推不开身边的篱笆，却推得开另一扇心门。被爱之前，我们是未启蒙的婴儿，被爱之后，我们像一方开启的古玉。关于爱情，我们有没有可以到达的语言？

当你老了，头发白了，睡思昏沉，
炉火边打盹儿，请取下这部诗集，
慢慢读，回想你过去眼神的柔和，
回想它们昔日浓重的阴影。
多少人爱你青春欢畅的时候，
爱慕你的美丽，假意或真心，
只有一个人爱你那虔诚的灵魂，
爱你衰老了的脸上的痛苦的皱纹。
垂下头来，在红光闪耀的炉子旁，
凄然地轻轻诉说那爱情的消逝，
在头顶的山峦缓缓地踱着步子，

在一群星星中间隐藏着脸庞。

关于爱情，叶芝说了些什么？关于爱情，我们能够听懂什么？

该迷茫的时候，你清醒什么？该忘我的时候，你惦念什么？该拥有的时候，你拒绝什么？该放弃的时候，你留恋什么？属于你的，一片树叶，也是一片森林，不是你的，万木争春，也是别人的花园。要是你拥有今夜的月亮，为什么还奢求朗朗的明天？

走进爱情，你没有了衰老的理由，岁月有痕，只在别人那里停留。就算你，默默爱一个人，只能隔岸相望，你也有一颗埋在冬天的种子，谁敢说它不会在春天发芽？

我愿意承受这些无奈，一个人，看远去的大雁。我愿意拥有这份沉重，独自过湍急的大河。我愿意绕过一个又一个山头，就为了光照一篷茅屋。我愿意走进没人的尽头，只为进入你的视线。关于爱情，我们能够说些什么？

三（3月5日）

搭乘最后一班地铁，走出站台，这是我关于爱情的最后的意象。

站台外的星空格外辽阔。揭开一层层包装纸，在月光下，找我想要的星朵。喧闹的都市每天都在轰鸣，这一角却格外宁静。我愿意深度迷失，在宁静的这一角，在都市的边缘。

我小心收集关于爱情的词汇，它们却在我的唇边悄悄地溜走。关于爱情，我们实在不能说些什么。但我看到了它的能量，变化万年为一瞬，把一瞬变成永恒。

我们没法拖延冬天的到来，但我们能把冬天逼出门外。腊残岁暮，即使窗外大雪如撕棉，我们也能栖息在自己的春天里。关于爱情，我们想要留住什么？

你在另一颗心里寻找自己，我找到你们，一个新生的人。这个人即使一无所有，也富足。我羡慕你们，我祝福你们，我为你流下了眼泪。

"我已经老了。有一天，在一处公共场所的大厅里，有一个男人向我走来，他主动介绍自己，他对我说：我认识你，我永远记得你。那时候，你还很年轻，人人都说你很美，现在，我是特来告诉你，对我来说，我觉得你比

年轻时还要美，那时你是年轻女人，与你年轻时相比，我更爱你现在备受摧残的容貌。"

我愿意倾听杜拉斯的声音，这样的爱情即使一生都不能如愿，也让人怀念。我们会老去，会老得叩不动锈迹斑斑的大门。回家的路上会长满蒿草，叮当作响的夜光杯里将盛满快乐健康的盛宴。我们挽住无条件的手，回头看来时的路。

罗素说："爱情远远不是性交之欲，在大多数男女漫长生活中，孤独会折磨他们，而爱情是摆脱孤独的主要方法。"

人们一度只听到罗素谈性，却忽视了他关于爱情的声音。关于爱情，我们能听懂什么？

四（3月13日）

我们的世界像一张网，在这张网中，只有一小部分人刻骨铭心地爱过。他们有离别有欢聚、有低泣有微笑。有耳鬓厮磨，有劳燕分飞。他们是结在这张网上的纽扣，扣住了一个环形的圆。凭借着两个人的力量，因此而不会落在网底。在到达对方之前，他们长途跋涉，历尽艰辛，爱情是傍晚屋顶冒出的袅袅青烟，在这儿他们找到了驻足的理由。

关于爱情，我们不能说些什么。我们只能摆好碗盏，点亮蜡烛，在轻柔的音乐中彼此梳理身上的泥沙。我们不知道它的纵深，我们不知道它的源头。我们不知道忙碌的人们在为明天准备什么，我们只能纠集所有的现在，把星空拉低，听秋虫唱歌。

关于爱情，我们像未知的孩子，一切都在启蒙，我们不知道未来的夜里，我们会在什么梦中醒来。我们只知道，我们带着另一个人的钥匙，它帮我们锁上了孤独。

新秋，原野上有一棵大树，白发满头，果实累累，它给破土的小草讲起它的从前，它的声音充满了对另一个人的怀念。它说，爱情让我经历了大欢欣、大悲悯，使我到达今天的安宁。大树的声音又苍老又年轻。关于爱情，我们能听懂什么？

我能说出天空的颜色，但我说不出大地的声音。我能看到地铁的站台，但我看不出爱情的车次。我能在人群中走我的路，却不能在人群中握住你的手。我和你是陌路，我们擦肩而过，去迎视前方那属于我们的目光。

关于爱情，我们丧失了童贞，我们不能说些什么。

（1999年2月24日起笔，3月13日完成）

1999年4月12日

努力吧

想来真是惭愧，买了个日记本（那还是去年12月份的事了），却一共只在上面写了四篇日记文章，信笔涂鸦而已，当初买本子的意图未体现出来。不是忙得完全抽不出时间，便可能是自己有些懒了，懒惰，亦是懒散。看来真是应了一句——懒惰是先天就有的（人的天性），勤奋则是后天培养的。

前段时间很压抑，主要是为了学生会工作的问题。没什么事干，而且自己有种被排挤、被忽视的感觉。部里什么事情也没和我商量过，有了事就通知下我该干什么。自己的意见和愿望、要求感觉没有人听（一个最明显的例子就是开学之初写了份工作计划，交给孔，马上就被一堆不知是什么东西的东西淹没了，后来也没有找我谈过这方面的情况——我猜想她可能压根儿就没看）。再有，也是开学初，我写了一份建议书，交给陈，他说会转给团委赵老师，而我的本意却是让陈看，希望能在以后的学生会工作有所体现，可后来也是杳无音信了。可以说这些对我的积极性、自信心都是一个打击。再以后我感觉自己成了一个纯粹的"办事机器"。曾有一次学习部王想让我过去帮他干，我其实真的是极乐意的，职务与否倒不重要，最关键的是我感觉在那边自己的意见可能得到更多的重视，可以更多地发挥自己的主动性、创造性和自己的才干，可以更多地按照自己的想法和意愿工作——毕竟，我去了之后就是副部长了。王和我谈这件事的时候，我已经较为明确地答应了他，但是——最后在孔那儿没有通过：她不放，理由是记者部今年工作也很多，抽不开身，可是我已经说过，我可以把已经在记者部这边接过的工作继续干完，而且，仅过了几天，记者部又招了一个干事！坦率地说，这件事对我打

— 179 —

击很大，几乎是所有美好的梦想都破灭了。当时我很苦恼。

也可以说是"没有办法"，也可以说是自己想通了，现在我是安静多了。不被重视有什么，总有一天我要以自己的努力证明当初我的不被重视就是她的最大失败！不去学生会有什么，我就是要在"恶劣"的环境中做出一番事情！我就是不相信自己永远这样不受重视，我就是不相信自己在记者部不能把工作干好！其实，冷静地想一想，自己成为现在这个样子，有一部分责任也在于我自己。骨子里流淌着的不那么自信的血液，一些不太得体和不合适的语言，眼高手低的心理，等等，这些都是曾经阻碍自己而且如果得不到改正更将阻碍自己人生发展的毛病。冷静地分析下来，自己还是拥有一些优势和特长，却没有得到充分的发挥和运用。自己所拥有的潜力和特质，也未能得到大家一致的认可和肯定。所以，不必怨天尤人，而且，一味地苦恼也没有意义。需要的是更多的努力，更好的工作，思考、实践、锻炼、提高！

现在，记者部最重大最紧迫的一项工作就是"五四"特刊。收集稿件，编辑修改与印刷厂联系……有很多艰苦工作要做，有很多任务要完成。而这，对我来说应该也是一个机会。中午开了一个多小时的碰头会，把工作大致确定、分工了一下。现在最需要的是落实、扎实。我也向陈提了关于印刷的一些建议，这件事的联系工作主要是他去跑，我们具体负责。我们预计是5月4日把东西拿出来。时间很紧，任务很重，事情很多，努力吧！杨唐杰，相信你自己，也相信你的同人们！

1999 年 6 月 19 日

过去的就让它过去

晚上去教室，准备在日记本上写点东西，但未实现。听了会儿收音机《新闻联播》和《广播歌选》，去看那个纪念"黄河大合唱"音乐会，回到教室翻了一会儿书，时间已经不多，只能是长话短说。

四级考完了。我仍然找不出更确切更适当的言辞来描述现在的感觉，或者真正就是没感觉（不过也有些人说没有感觉才是最好的感觉——聊以自慰吧）。感觉不出考题的难易程度与平时的练习有多大的区别，感觉不出自己对于考试的感觉——我不知道这是感觉太好还是太差。

总之，是过去了吧。过去的就让它过去，该来的马上就要到来。毕竟是英语的学习告一段落吧，虽然考完之后本学期还有两次课要上，虽然以后肯定还会学习英语——但那是没有正式教室的自学，与这感觉是不一样的。但我真的不敢有丝毫懈怠和怠慢（虽然我在骨子里是不喜爱甚至讨厌英语的），晚上又把英语四六级词汇书带到了教室，虽然实际并没有看。毕竟还有以后的六级、考研——这些都是更为艰巨也相当紧迫的工作，毕竟还是总得为以后的就业、工作而学习（英语），但是今天，总可以说是宣告了一个段落的结束（这篇是很长的一篇文章）。

不知道怎么回事，总是在考试或是临近考试的期间产生一些"奇思怪想"的念头——这种平日不易爆发甚至是有些压制的思绪，究竟是由于考试在即的压力，还是复习迎考时较为宽松的时间和老师的管束，还是在于复习迎考期间"哇哇苦读"的"枯燥"与"空虚"？

最近几天在想一个问题也是琢磨一篇文章，题目初定为：大学班级民主化管理初探。可以说这主要是在目击和遭遇一些现在大学管理中不甚民主甚至有些专断和"独裁"现象之后引发的联想和思考，也有自己在这方面特别是结合我现在所处班级环境而进行的一些设想，当然是否有普遍性和普遍意义，是否能激起别人的共鸣，是否只是个人一己感觉的宣泄与胡思乱想，是否在理论上具有充足的说服力和坚强的原则基础，是否在实践上具有可证性、可行性和可操作性，不得而知，只不过是自己头脑中的一些想法而已。

突然又产生另外一个疑问：为什么我们总爱把一些"严重错误"说成"重大错误"，总要将"疏忽"和"缺陷"称之为"不足"等，不一而足。在这样一种严重性和尖锐性都严重降低的措辞和用语中，是否就能够掩盖我们之中所存在的甚至是致命的问题，而在这样的行为中，是否还具有一种欲要粉饰错误甚至歌功颂德的灰色倾向和阴暗心理。这可以说是一种普遍心态，只愿锦上添花，不愿肉中拣刺，即使有人这样做也老大不高兴。呜呼，悲矣！

1999 年 8 月 29 日

从《读者》改版说起

《读者》新创《读者（农村版）》，我以为是该杂志根据现今社会形势变化的一种反映和应对，当然其实任何一种改动都可以称作是根据形势变化而得的结果。关键在于是什么样的形势在变化，作出的又是何种应对。

自以经济建设为中心，特别是我们国家确立要建立社会主义市场经济之后，特别是实行改革开放，西方的一些价值观念、生活方式等也随之传入国内以后，一些人的思想观念也开始发生变化，追求新潮、时尚逐渐成为一种趋势，特别是在年轻人（或者说青少年）中，由于他们（其实也包括我自己）生在新时代、长在新时代，耳濡目染了一些所谓现代生活的气息，而且他们心目中条条框框较少，易于接受新事物与新观念，在这种形势下，如何抓住现代城市青少年这一"新人类"便成为各级书商、杂志商们考虑的重点之一。适应这一变化，时下各种娱乐性的时尚类杂志、刊物等逐渐推出（林林总总的所谓畅销书的大行其道，可以说也是这一形势变化的产物）。

特别是现今城市青少年相对生活都比较宽裕，他们不再满足于传统的衣食温饱的基本要求，追求时尚、向往新潮成为一种大众化的趋势，而且这一群体相对数目比较庞大，购买力也比较强。

然而，正所谓流行的未必都是好的，更难称必定优秀、必定精品。面对时下小摊上林林总总的畅销书、畅销杂志等所谓的快餐文化，我一直不太敢太在意（当然，有时候我也会抓起一两本来作为一种浏览），甚至有时也不免产生困惑。

我总在想，对于我们这样一个经济文化尚不发达、国民素质亟待提高的国度而言，我们真正需要一种什么样的阅读体验？我不否认，随着现代生活节奏的不断快速，人们生活水平的不断提高，所谓快餐文化的产生及存在自有其社会背景，我也不否认它所具有的轻松和消遣功能。然而，那终究只是也只能是一种消遣啊。若乎我们沉溺于此，以新潮与时尚的为自己主要甚至唯一的追求目标，我们的国家与社会将成怎样？特别是我们这些读物的读者对象多数都是现代的青少年们，他们可真正是我们国家与民族的未来和希望，这是一种什么样的引导呢？

我无意批评任何人，也没有这个资格，况且任何事物的产生和存在都有其客观必然性。黑格尔说："凡是现实存在的都是合理的。"但并不是我们在承认这种"现实合理性"，之后就无事可做可以无动于衷啊。我也无意于要求每个青少年都成为所谓的智人、哲人，都具有深刻的思想和敏锐的头脑。然而倘若我们全民族的青少年们都仅以个人的所谓新潮和时尚为其目标，那可更是一幅不堪设想的图景啊。

整个社会的发展需要具有清醒头脑和深刻思想的人士去推动，需要有广大按劳付酬辛勤劳作去推动，而不是所谓个人新潮的"新人类"的力量，追求个人内心的自省、自觉。追求整个社会的发展进步，这应当成为我们每个人的目标与追求，也应当成为我们的文化致力之所在。而在促使全民内心的浮躁、注重并追求表面上的时尚与新潮的过程之中，我们这些标榜"内容更趋新潮，风格力主时尚"的杂志们在其中又起了什么样的作用呢？如以此作为所谓"世纪之约"，这不是天大的讽刺吗？我们就要以此"崭新的风貌"进入新的世纪吗？

跑了很多家书店，想找《方法》均未成功。据说是停了刊，原因当然在于言词"太过"激烈、笔锋"太过"犀利，而思想又"太过"尖刻，想起这几乎是我最钟爱的刊物停刊，又联想这些所谓快餐文化的大道具行，我们真的能那么乐观吗？！

坦率地说，我有些害怕，担心有一天原来的《读者》在看来还有一定知识性、思想性，在日益泛滥的快餐书、快餐杂志，在日益喧嚣的浮躁、新潮之声中，也会遭受如《方法》同样的命运，但愿它还能支撑得久一些吧。

2000 年 8 月 22 日

思想是行为的先导

翻开这个本子不禁有些羞愧。看看前一页上的日期——还是 1999 年 8 月 29 日，也就是说，我已经有整整一年的时间没有在这上面留下只言片语了。

虽然可以找出一些诸如没有时间的理由作为搪塞，但其真正的关键之处则是不容置疑的：那就是这一年来我已经自觉或者不自觉地放松了自我反省、剖析和思想改造。

客观来说，从去年暑假到今年暑假，确实有一些事情要做，某些时候确实算比较忙。先是去年下学期之初参与筹备学校第三十次学代会、编辑系刊、准备四级，到今年上半年就任团支书后的一些工作、完成学术论文、暑假实习直到现在参加英语考研班，等等。但无论如何，这些都不过是借口、托词而已。因为在承认上述事实的同时，还必须面对如下问题：

1. 如果是因为忙得没有时间，为什么会有时觉得"没事儿干"？甚至是整个下午、整个晚上的消耗掉？

2. 虽然一直有事在做，难道别人就不是吗？难道这些事情真的能花去你所有的时间吗？

3. 即使真的很忙，这能成为放松思想改造的理由吗？二者又真的是决然对立的吗？

在面对上述问题之时，我还必须面对这样一个事实：从去年下学期到现在，只向党组织递交了两三篇思想汇报，和入党联系人杨老师也只谈过两三次话。难道时间真的那么少吗？对于一个人来说特别是对于一个追求进步的入党积极分子来说，又有哪一门具体科目的学习比理论的学习，哪一方面的进步比思想的进步更重要更关键呢？

对于具体的人来说，思想是行为的先导。有什么样的思想就决定着产生什么样的行为（当然，这种个人思想的产生是由社会的物质、精神生活条件和个人的社会经历等多方面因素决定的）。因此，在一个人的全部因素中，思想观念是至关重要的，甚至可以说是最重要的。而其理论水平和修养又在其中处于第一关键部位。故我个人以为，对于一个人来说，思想、修养、理论水平这样一些精神价值方面的追求与创造是第一位的。这是我过去的思想，现在也是如此。

但是，人之理论水平的提高、思想观念的进步不是空口就可实现的，而是需要长期的锤炼与实践。对于学生来说，没有更多机会去接触具体的社会实践，则在学校中从书本上学习、从身旁每一件小事做起，经常对自己行为进行反思以至"日三省吾身"等都是比较有效的方法。而将这样做的一些结果，通过日记或思想汇报等表达出来，既是对自己思想进步方面的一个总结（因为写出来往往比仅仅想到要难以做到，故而更有收获），也是更促进自身提高的一种方式。

更重要的是，将自身思想所得通过文字表达出来，表达的过程实际就是一种自我之间的相互对话，相互交流，甚至可以相互辩论。因而更能够促成自身思想方面的提升。写，实际也是逼着自己去想。

所以，从以上的基本观念出发，个人思想方面的学习与提升实在至关重要也是刻不容缓的事情。而表达则成为一种极其重要的方式。

上文已经指出，在个人全部因素中，思想理论方面的进步是最关键的，而这一点，不应只停留在口头上，在日常的生活中应加以切实贯彻，一刻也不得放松。而所谓的"事情多""时间少"等都不能成为妨碍这一方面的借口。何况，对于我们来说，难道时间就真少得那么可怜吗？说句不客气的话，现阶段你要是说所谓"没时间"去做某事绝对是无稽之谈！

2000 年 9 月 2 日

看《生死抉择》之后

晚上去看电影《生死抉择》，没有鼓掌，没有言谈，只是在静静地看，静静地思考。

市长李高成是影片着力描述的人物。其中有几个镜头比较震撼。一个是当他觉察到他所面对的是一只腐败大网（这其中包括共同生活了十多年的妻子、提拔他的老领导，还有那么多的前任和现任的省、部领导），一个人站在天桥上，望着自己辛辛苦苦努力建设的城市，内心极为痛苦，思想斗争极为激烈，最终做出了一生中最艰难也最重要的抉择（当真是"生死抉择"啊）。另一个就是当李高成决心追查下去，对腐败者进行反击，省委副书记严阵（也就是那位"提拔他的老领导"），主持省委扩大会议企图对李高成进行审查，省委万书记突然从国外回来，李高成的一段"申诉"。他先谈

了一些基本情况，然后很动感情地说，面对共同生活了十多年的亲人，面对提拔我的老领导，我曾经彷徨，我曾经动摇，我为我的彷徨和动摇而羞愧，但我做出了我自己的选择："这就是我，一个共产党员的生死抉择，永不回头！"

应该说，影片本身还是比较感人的，尤其是其中李高成与杨诚起初相互之间的一些误解。李高成出身于中纺而不愿让杨诚插手、李高成与妻子的感情等细节，使得李高成这一人物形象更加充实、丰满。到最后那一段，感人肺腑的话确实更有震撼力，也使得李高成的形象更加高大起来。看完之后，感触很多。

第一，改革是一项相当复杂艰难的工程。从根本上说影片中市里出现的问题还是在改革过程中出现的问题。改革是一个大的方向，不改革，只有死，特别是对纺织厂这样一些老的国有企业来说，为了适应形势发展和新的经济环境，必须根据形势要求进行改革。但其中有两个问题是必须认真处理的：一是由谁来改革，即是什么样的人来主持改革；二是怎样改革，即改革的真正形式和方法问题。

影片中的郭中姚等人也是口口声声说要"改革"，却是将中阳纺织厂的资金划到下属的十多个子公司中，却不上交一分利润，全部收归个人，还准备将纺织厂的固定资产一卖了之，其结果是每年国家给中纺贷得越多就亏得越多，而广大工人的生活水平也在逐年下降。

行为者的动机与方式在很大程度上决定了行为的后果，而在其中行为者的综合素质则起到了相当重要的制约作用。影片中郭中姚等一帮蛀虫的所作所为，不正是说明了这一点吗？而在现实生活中，这样的例子还少吗？我们的决策者们，当你们将一项改革事业交付给某人时，可要小心为甚啊！

与这相关的还有几个问题。

改革中的利益关系问题。郭与李的一次对话中，曾怒气冲冲地说出他心中的不满，与我来往的在我手上的那帮人现在都"发"了，而我呢，这么大厂的厂长，每年国家才给我几个钱？！而李妻吴蔼珍之所以会走上腐败之路，不也是认为两人工资太少，家里开销太大，又要为残疾女儿储备，因而失去平衡吗？！看来，钱啊钱，真是让人又爱又恨的东西。其实关键还是在于个人本身，特别是当身边人富起来时，要守住内心的平衡，正确处理好利益关系。虽然在河边走，究竟会不会湿鞋，关键在于怎样穿鞋，怎样走路。

"五十九岁"现象。影片中郭等人曾多次提到"我都五十八九岁的人了，也该为自己考虑考虑了。"还有些原任的省部级干部也上了腐败的贼船。他们自视辛苦了一辈子，劳苦功高，退下来或者即将退下来，也该要享受享受了，或者信奉"有权不用，过期作废""过了这个村就没有这个店"，赶紧抓紧最后的机会大捞一笔。而等待他们的将是相同的结局。看来，五十八九岁的同志们确实该考虑考虑，考虑一下怎么保住自己的晚节，当心不要上了贼船。而对那些早已上船的人来说，你就等着翻船吧。

第二，广大工人、人民对于自己的工厂、国家有一种天然的、朴素的热爱。当工人们听说郭等人欲以兼并重组为名卖出中纺厂时，他们心情极为激动、愤怒，当即找到厂领导，甚至想见李市长，要求给他们一个说法。厂子是工人们的厂子，是工人们的命根子。谁要是想拿工厂胡作非为，其结果必定是被人群起而攻之。虽然有些时候有人说话、做事可能会比较偏激，那都是出于一种真诚的热爱，出于"恨铁不成钢"啊！所以广大人民对于挥霍自己劳动心血的腐败行为是最为痛恨的。对于党和国家的反腐败之举是最为支持的。这种广大人民群众的真心支持，是我们的反腐败工作、我们的任何工作，能得以顺利进行努力实现其目标的最可贵最可靠的保证。而谁要是欲以人民为敌、和广大人民作对，其结果必然只有一个：自取灭亡。

第三，李高成的形象是高大的，李的选择是痛苦的却又是令人欣慰的，李的行为是令人敬佩的。但是我在想，是不是每个地方都有李高成一样的人物？是不是面对李高成类似的处境时都会做出同样的选择？是不是每一个地方的腐败问题都要靠市长、书记亲自来抓？如果没有，仅仅靠纪委行吗？

影片中有这样一个情节：在省委万书记的支持下，市委书记和省纪委书记亲自向中纪委汇报，中纪委派人查出以严阵为核心的那样一只庞大的腐败之网。作者这样安排情节，其意图再明显不过了，光靠杨诚和李高成两人，是不可能扳倒严阵这棵大树的，反倒是严阵召开会议准备审查李，而杨则被

"调"到中央党校去学习了。必须去找更大的权威：省委万书记和中纪委。这多么像古代的一些故事：县老爷冤屈某人，某人趁官府巡查之机，如九省巡案或是皇帝微服私访等时向其喊冤，巡查者惩办制造冤屈者为人申冤。其实质仍然是通过政治权威上下压制实现的。而这则从另一面反映了，我们的反腐体制的建立已发挥了巨大作用，但也面临着严峻的形势。

　　＊所有姓名均为化名。

我的哥哥

陈杨帆

在我的记忆中，哥哥是一个吃饭很快的人。小时候，我吃饭时爱说话，经常一吃就是两个小时，总是最后一个离开饭桌，而哥哥总是风卷残云般就吃完了。外婆经常批评我："你应该跟你哥学习，吃饭快一点。"有一次在吃饭间隙，我偷偷问我哥："哥，你都吃啥呢？怎么吃得那么快？"我哥好笑地说："你少说点话就能吃得快了！"我不服，心想肯定是他吃的东西比我少，便跟着他吃，他吃一口我就吃一口，没多大会儿，我就跟不上了，哥哥吃饭的节奏太快了。现在想想，真是以小见大，哥哥后来的求学求职经历正体现了他果断、做事有效率的个性。

在我的心中，哥哥是指明灯一样的存在。他是舅舅家唯一的男孩，舅舅和外公外婆都对他寄予了厚望。平时，我与哥哥的交流并不多，在家他不是一个健谈的人。哥哥很爱读书，经常自己一个人在书房里默默看书、学习，和爱玩闹的我截然不同。他也并没有辜负大家的期望，我看着他上了大学，去了北京，很是羡慕，觉得离家去那么远的地方是多么酷的一件事。哥哥自从上了大学后，每次从北京回家，都会给我带好吃的，就算后来我也考学到了北京，每逢过节，他都会去学校找我，请我吃饭，送我礼物。同一宿舍的同学都羡慕我有一个好哥哥。

高考结束后，我一门心思地想离开湖南去读书，由于哥哥在北京，相互有照应，妈妈便让我填报了哥哥曾经读过的大学，我竟然循着哥哥的足迹，来到了北京，来到了他读书的大学。有时候我会想，如果当初不是哥哥在北

京，我可能就不会到北京了吧，也就不会有现在的生活。更神奇的是，我参加工作后，有一次偶然经过单位附近的大厦，总觉得十分熟悉，一问大厦的名称，才想起，大学期间，有一次和爸爸妈妈来跟哥哥见面，就是在这栋大楼。只是，"同来玩月人何在，风景依稀似去年""物是人非事事休，欲语泪先流"。

2010年寒假，当我回家，从爸爸口中得知对哥哥病情的不祥预判时，我是不相信的。后来确诊、哥哥住院治疗，正逢我毕业找工作之际，无法回家，便不断在网上搜寻治疗癌症的偏方，希望能有奇迹发生，希望这一切不过是我们的一场梦，梦醒了，我们又能回到原来的状态。可惜，天妒英才，终究是流星闪过！

后来，舅舅跟我说，想把哥哥的作品、日记收集起来，作为哥哥的作品集出版，也是完成哥哥的心愿，并希望能激励、鼓舞更多的年轻人追求自己的梦想。我得以有机会赏读哥哥的作品、日记，在阅读哥哥作品的过程中，我对他也有了更深入、更全面的了解。

我看到了一个积极上进、不断追求梦想的少年，从小就树立了"当作家"的理想，并为此不断打磨自己的文笔，笔耕不辍。理想对一个人是多么的重要，正是"作家梦"的激励，哥哥才一路从不起眼的中学考到了北京，继而成为大学才子、报社记者，走到市场策划，所经所历之事都离不开手中的那支笔。

我看到了一个"吾日三省吾身"、追求自我成长和进步的青年，不断从日常生活中反省自身，才有了"我活着，只有一个目的，就是做一个对人民对祖国有用的人"的深刻认识，才有了"事业的成功来自扎扎实实的努力"。他没有违背当初的誓言，在工作岗位上一直孜孜不息，尽心尽力。正如泰戈尔所言，"花朵以芬芳熏香了空气，但它的最终任务，是把自己献给你"。

我看到了一个热爱世界、热爱生活、意气风发的谦谦君子，观社会之"海"，也勇于坚定"苦雨寒窗、灯书伴影"的选择。哥哥后来加入报社工作，更是深入走进各行各业，体验百态生活，也更加"自豪于祖国辉煌灿烂的昨天，无比坚信祖国更加美好的明天"。"当我们热爱这个世界时，才真

正活在这个世界上"。（泰戈尔）

　　我看到了一个关心家人、友爱同学的诗人。看到家附近的井，写下《摇井》一文，情感油然而发，让人感受到他对生活的美好希望；面对家人的误解，用《我不会……》表达自己不负真情、勇敢向前的决心；逢奶奶（我外婆）生辰，特地赋诗祝贺；有感于"只有伟大的思想，才会产生伟大的行动"，《我愿变作一只小鸟》，"与蔚蓝的天空拥抱"，《达到理想的彼岸》。

　　哥的这一生，活得淋漓。舅舅说，哥哥临去时是坦然的，想必，只有活时尽兴，才能去无所羁。

2020年5月4日